KB126405

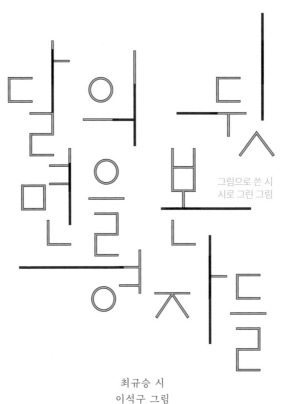

달의 뒷면을 본 풍경자들

그림으로 쓴 시
시로 그린 그림

최규승 시
이석구 그림

타이피스트

× 차례

시하고 그림하고 바란다

최규승

첫 시집을 낸 무렵이었던가? 아니면 한두 해 지났을 때일지도 모르겠다. 이석구 작가가 「무중력 스웨터」란 시를 읽고 떠오른 이미지를 그려 봤다는 짧은 글과 함께 그림을 SNS에 올렸다. 그 그림을 보고 나는, '아, 이 시를 읽고 이런 이미지가 떠오르는구나' 하고 흥미로워했다. 시를 쓰면서 내가 상상했던 것과는 다른, 하지만 매력적이고 신선한 그 이미지를 한참이나 들여다봤던 것 같다. 그러고 나서 그와 나는 SNS 밖에서도 '연결'되었고, 고맙게도 그 그림(이 책에 실린 그림은 세 번째쯤 버전인 걸로 알고 있다)은 지금 우리 집 식탁 옆 벽에 걸려 있다.

이후, 우리는 때때로 만났다. 경희궁 근처의 '커피스트'에서, 계절에 구애받지 않고 변함없이 그는 시원한 커피를, 나는 따뜻한 커피를 마시면서 마주했다.

자주는 아니었고, 갓 출간한 자신의 책을 핑계로 차갑
고 뜨거운 커피를 함께 마시는 자리를 잊지 않아 왔
다. 그가 내 시를 그림으로 읽어 냈던 것처럼, 나도 그
의 그림에서 시를 그려 내기도 했다. '그림으로 읽은
시, 시로 그린 그림'이라는 콘셉트의 '그림 시집', 또는
'시 그림책'이 나올 수 있었던 계기는 이처럼 15여 년
전으로 거슬러 올라간다.

　시의 자리에서 생각해 보면, 그림을 그린다는 것,
이미지를 떠올리는 행위는 현대시를 읽는, 감상하는
무척 쉽고 선명한 방법이다. 근대 이전의 시, 한시나
시조 등 정형시가 노래라는 형식에 붙은 가사로서 기
능했다면 현대시는 이미지를 제시하고 지향한다. 리
듬조차 이미지 속에서 발견할 수 있다. 정해진 곡조에
붙는 노랫말인, 다양한 해석이 필요 없는 정형시와 달
리, 현대시의 리듬은 일종의 점이나 선, 색감이나 여
백 같은 것이다.
　그렇기에 시인이 떠올린 이미지와 독자가 떠올린
이미지는 다를 수밖에 없다. 시인은 어떤 이미지를 떠
올리며 이 시를 썼을까, 시인이 말하고자 하는 의미는
무엇일까, 하고 생각하는 순간, 시는 어려운 퍼즐 맞

추기가 된다. 시인(작가, 저자)의 죽음 없이 현대시(현대 예술)는 읽기 어렵다. 독자가 독자적으로 시를 읽어내는 것, 내 맘대로든, 어떤 기준을 갖든 현대시는 독자에게서 다시 태어난다. 읽기로 이루어지는 창작. 이때 이미지는 독자의 시 읽기를 풍성하게 한다. 그러므로 현대시 감상은 시인의 낭독(가수의 노래 같은)보다는 독자의 읽기(독서 행위)가 본령이다.

낭독회는, 어쩌면 시가 노래였을 때를 추억하는 행위, 그때를 기리는 제의 같은 것인지도 모른다. 추억은 현실이 아니고, 제의가 일상이 아니듯, 결국 현대시는 독자 개인의 오롯한 읽기로 완성된다. 현대시는 다양한 이미지로 읽히지만 모든 현대시가 그렇다고 할 수는 없다. 대부분의 독자가 비슷한 이미지를 떠올린다면 형식은 현대시이지만 그 시는 그림보다는 노래에 더 가깝다. 인생 명언이나 삶의 길잡이 같은 시가 대개 그렇다. 현대 미술을 보면서 사람들은 인생의 교훈을 찾지 않는다.

현대시도 마찬가지이다. 시에서 이미지보다 말(교훈)을 얻으려고 할 때, 시인의 의도를 찾게 되는 것이다. 유독 그것을 드러내는 현대적이지 않은 현대시가 있다. 인생의 교훈은 격언과 명언에서 찾는 것으로 충

분하다. 시가 예술이라는 것에 동의한다면 감상은 이미지를 떠올리는 것으로 시작하는 것이 맞지 않을까.

　가벼운 위트보다 오히려 못한, 고루한 말의 시를 쓰고 있지나 않은지 스스로 경계하면서 나는 이석구 작가의 시 읽기처럼 그의 그림을 시로 써 나갔다. 어떤 시편이 그렇고 어떤 그림이 그런지 굳이 밝힐 필요는 없을 듯하다. 한강의 서쪽 동네에 사는 그와 동쪽 동네에 사는 내가 광화문에 있는 '커피스트'에서 만나, 차갑고 뜨거운 커피를 날씨와 상관없이 마셨듯이, 그는 그의 그림을 나는 나의 시를 그리고 썼다.
　내 안의 여자와 내 밖의 여자를 바라본다. 내 안의 여자가 내 밖의 여자를 쳐다보기도 하고 내 밖의 여자가 내 안의 여자를 응시하기도 한다. 보고 느끼고 바란다. 그것은 관찰이고 감각이고 희망이다. 본다는 것은 시각적인 행위이기도 하고 감각적인 행위이기도 하다. 이럴 때 본다와 느낀다는 다른 말이면서 같은 말, 아니, 다른 말인데 같은 행위이다. 보고 느끼고, 느끼고 본다. 그리고 바란다. 시하고 그림한다. 그림하고 시한다.

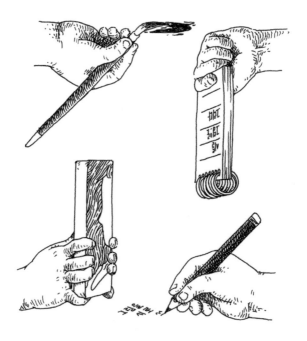

이석구

　내 그림이 시를 부른다는 말씀이 좋았다. 내가 아는 보통의 협업(collaboration)은 완성된 글을 보고 그에 맞춰 그림을 그리는 방식인데, 이번에는 시와 그림 어느 쪽이 먼저랄 것 없이 상호 교감하는 방식으로 각자의 작품을 만들어 보자고 제안하셨고, 이전에는 경험하지 못했던 독립적이면서 연결되는 콜라보가 매력적으로 느껴졌기에 덥석 수락했다. 구체적인 설명을 듣기 전까지는 잘할 수 있을지 걱정이 되었으나 이야기가 깊어질수록 내심 기대가 되었고 나 역시 새로운 형식이 흥미로웠기에 의욕적으로 작업했다. 나는 시인님의 시를 읽고 시인님은 내 그림을 보고, 서로의 비어 있는 곳이 모르는 사이에 시나브로 채워지는 신기한 경험까지 하고 보니 이제 한 권의 책을 세상에 내놓게 되었다.

하나.

문밖에는 여자를 기다리는 고양이

사막 화분

　소녀는 화분을 들고 있다 햇볕이 깔린 사막은 소녀를
받치고 있다 화분에는 천년 고목이 아담하게 자라 있다
소녀는 천년의 무게를 견딘다 천년은 짧고 무게는
가볍다 그대로 소녀는 미동도 없다 햇빛이 몰고 온
모래바람이 소녀를 감싸고 잦아든다 사막이 지지하는
것은 소녀만이 아니다 바람에 뿌리 내린 선인장과
햇볕을 뚫고 자란 건조한 탈수기, 물에 젖은 건조대,
바스러지는 식기 들이다 듬성듬성 꽂히는 햇살은 햇볕에
부딪혀 튕겨 오른다 소녀는 잠시 미동한다 그동안
하루가 흐른다 화분을 든 왼손이 살짝 떨린다 다시 또
하루가 지난다

오른손이 왼손을 잡는다 놓는다 또 하루가 지난다
모자는 소녀의 머리가 받치고 있다 모자 그늘 속에 밝게
빛나는 웃음, 햇살의 것도 바람의 것도 천년의 것도
아니다 또 하루가 지나고 천년 고목에 파란 봉오리가
맺힌다 말라비틀어진 우듬지에 하늘 핀다 하늘 떨어진다
하늘 돈다 하늘 열린다 하늘거린다 또다시 하루가
흐르고 소녀는 어른이 된다 여전히 화분 속 하늘거리는
천년 고목을 들고 미동도 없이 미동하며 천천히 뿌리
내린다 사막 위, 햇볕이 서서히 갈라진다

미러링

사이드 미러에 저녁노을이 가득하다 길을 따라 흔들리며 저녁 해는 미러 속을 들락거린다 해가 있어도 붉고 해가 없어도 붉다 사라지는 것은 흔들리고 빛은 번진다 출렁이는 저녁 빛에 저무는 시간도 흔들린다 굽은 길이 흔들려 퍼진다 멀어지는 것은 소멸 전에 사라진다 여자는 사라지는 것을 다시 미러 속으로 끌어온다 여전히 노을은 붉고 저무는 해는 흔들리고 길은 퍼진다 여자는 고개를 돌려 남자를 본다 운전대에 한 손을 얹고 남자는 차창 쪽으로 몸을 기울인 채 흔들린다 안경이 조금씩 내려온다 차창에 기댄 팔을 들어 안경을 밀어 올린다 가끔 오른손과 왼손을 번갈아 가며 운전대를 잡는다 여자는 흔들리는 남자를 흔들리며 보다가 다시 고개를 돌려 미러 속을 본다 미러 속 빛은 어느새 헤드라이트로 바뀌어 있다 몸을 기울여도 사라진 것은 다시 미러 속으로 들어오지 않는다 여자는 이제 불빛을 피해 몸을 남자 쪽으로 기울인다 남자가 여자를 본다 고개를 까딱이는 여자의 머리, 흔들리는 핀을 본다 미러 속을 빠져나온 헤드라이트 불빛을 머리핀이 튕겨 낸다 남자는 흔들리는 여자와 머리핀과 불빛을 보다가 흔들리고 또 흔들린다 여자는 이제 앞을 본다 남자의 뒤집힌 눈과 마주친다 남자의 왼손은 차창에 오른손은 운전대에 여자의 양손은 허벅지 위에 있다 미동도 없이 여자와 남자는 흔들린다 여전히 빛은 미러 속을 들락거리고 길은 펴지고 사라지는 것은 사라진다

문이 있다 문이 열린다 바람이 들어온다 문이 있다 문
이 닫힌다 바람이 막힌다 문이 있다 문이 열린다 햇볕이
들어온다 문이 있다 문이 닫힌다 햇볕이 사라진다 문이
있다 문이 열린다 사람이 들어온다 문이 있다 문이 닫힌
다 사람이 서 있다 문안,

한낮의 바람과 한낮의 햇볕과 한낮의 사람, 문안의 사
람은 이제 두 사람, 탁자를 사이에 둔 의자에 두 사람이
마주 앉는다 탁자는 붉은색 빛바랜 붉은색, 문이 열리면
잠시 어두운 주황색, 두 사람은 남자와 여자, 또는 여자와
여자

문이 있다 문이 열린다

여자는 말없이 커피를 마시고 문이 열리고 닫힌 사이 들어온 남자 또는 여자는 커피를 기다린다 막힌 바람과 사라진 햇볕을 기다린다 여자는 커피를 마시고 커피 잔에 이야기를 남긴다 커피는 사라지고 커피 잔 가득 여자의 이야기가 찬다 마주 앉은 남자 또는 여자는 그 이야기를 마신다 남자는 남기고 또는 여자는 비운다 이야기가 남고 이야기 여자는 자리에서 일어난다 이야기가 비워지자 이야기 여자는 이야기로 가득 찬 여자를 데리고 문을 연다

문이 있다 문이 열린다 바람이 들어온다 문이 있다 문이 닫힌다 바람이 막힌다 문이 있다 문이 열린다 햇볕이 들어온다 문이 있다 문이 닫힌다 햇볕이 사라진다 문이 있다 문이 열린다 여자와 여자가 나간다 문이 있다 문이 닫힌다 여자와 여자가 서 있다 문밖,

계단이 있다 몇 개인지 모른다 이야기 여자는 계단을 내려가고 이야기 가득 찬 여자는 이야기를 토해 낸다 계단의 굴곡을 따라 이야기가 흐른다 꺾이고 내리고 꺾이고 흐른다 내려간 여자의 몸에 이야기가 닿는다

　이야기 여자는 이야기에 물든다 계단 위 여자는 이야기를 모두 쏟아 내고 나풀나풀 종이가 된다 계단의 굴곡을 따라 이야기를 따른다 이야기로 물든 여자를 종이가 된 여자가 감싼다 종이 여자의 몸에 이야기 여자가 새겨진다

　문이 있다 문이 열린다 바람이 들어왔다 나간다 문이

있다 문이 닫힌다 바람이 끊어진다 문이 있다 문이 열린다 햇볕이 들어왔다 나간다 문이 있다 문이 닫힌다 햇볕이 출렁인다 문이 있다 문이 열린다 사람이 들어왔다 나간다 문이 있다 문이 닫힌다 이야기가 쓰였다 지워진다

문이 있다 문이 닫힌다

7월 1일

여자는 구름을 쳐다본다 턱 선이 팽팽하다 구름은 고
개 위에 걸쳐 있고 고개를 넘는 차들이 구름 속으로 속속
빠진다 구름은 어제의 구름이거나 내일의 구름이다 자세
에 집중하는 어제의 여자는 구름 속에 있다 고양이의 배
를 쓰다듬는 내일의 여자는 구름을 베고 있다 오늘의 여
자는 구름을 본다 구름 속 여자가 흘린 땀은 구름을 녹인
다 날리는 고양이의 털이 구름에 묻힌다 여자는 구름 속
에서 구름을 베고 구름을 보고 있다 여자의 턱 선은 여전
히 팽팽하다

여자는

꿈속을 걸어간다 여자는

구름 속을 걸어간다 여자는 길 속을

걸어간다 여자는 마음속을 걸어간다 여자는

고통 속을 걸어간다 여자는 숲속을 걸어간다

여자는 땅속을 걸어간다 여자는 물속을 걸어간다 여자는

시간 속을 걸어간다 여자는 남자 속을 걸어간다

여자는 거짓 속을 걸어간다 여자는 세상

속을 걸어간다 여자는 여자 속을

걸어간다 여자는 속속

걸어간다

여자는 구름 방에 앉아 책을 읽는다 한 페이지를 읽고 한숨을 쉰다 구름이 한 겹 걷힌다 다시 한 페이지를 읽고 한숨을 쉰다 또 한 겹 걷힌다 하늘빛이 파랗다 방이 사라지고 어느새 한 겹 남은 구름에 여자가 걸쳐 있다 출렁출렁 끊어질 듯 흔들리는 구름, 여자는 한숨을 거듭 쉰다 읽던 책을 놓고 옷을 입는다 재킷을 뒤집어 입고 구름 소파로 옮겨 앉는다 여자의 긴 노랑머리는 재킷 안쪽으로 말려들어 있다 여자는 책을 들어 계속 읽는다 남은 구름 한 겹 걷힌다 구름 소파가 사라지고 여자는 떠 있다 낙하의 방향을 가늠하지 못한 여자, 조금씩 기울어진다

그림자

이번 열차는 회송
속도를 줄이지 않은 전동차
선로를 따라 플랫폼으로 들어온다
순식간에 빛을 가르며
바람을 일으킨다 덜컹덜컹덜컹덜컹
바퀴 소리의 간격
벌어지지 않는다
가림 벽 틈으로 비어져 나오는 소리

여자는 지하철 플랫폼에 서서 앞을 본다 회송 열차가
지나가는 동안 열리지 않는 가림 벽으로 한 걸음 다가선
다 가림 벽 문틈으로 바람이 밀려 나온다 바람은 여자의
몸에 부딪쳐 갈라진다 여자는 눈을 감고 가림 벽 너머를
그린다 눈을 뜨자 그림자가 길게 늘어진다 여자는 한 걸
음 한 걸음 선로 쪽으로 다가선다 가림 벽 문 앞에 바짝
붙는다 여자의 그림자는 선로 위에 수직으로 눕는다

이번 열차는 외선 순환

전동차보다 먼저 바람이 플랫폼으로

들어온다 덜컹 덜 컹 덜   컹 덜   컹

바람은 멈추고 소리도 멎고

가림 벽 문이 열린다

여자를 스쳐 좌우로 사람들이

내리고 사람들이 타고 문이 닫힌다

여자는 전동차에 타지 못한다 닫힌 문 앞에 그대로 서 있다 눈을 감는다 그림자의 비명을 듣는다 전동차가 떠난다 가림 벽 너머 선로에 토막 난 그림자가 흩어져 있다 여자는 눈을 뜨고 돌아선다 그림자를 잃은 여자는 다시 역 밖으로 나간다 계단을 내려오는 사람들이 그림자를 늘어뜨려 여자의 발목을 건드린다 여자는 그림자를 피해 벽에 바짝 붙는다 휠체어 리프트 레일을 따라 계단을 오른다 출구 밖은 환하다 사람들이 그림자를 타고 밀고 끌고 다닌다 어떤 사람은 그림자에 끌려다닌다 간혹 그림자가 없는 사람이 그림자를 잃은 여자의 발을 내려다본다 그림자를 잃은 여자도 그림자가 없는 사람의 발을 본다 두 사람의 눈이 마주친다 바람이 불고 햇빛이 떨어진다 사람들의 그림자가 펄럭인다 그림자를 잃은 여자와 그림자가 없는 사람은 꼿꼿하다 그림자를 흔들며 사람들, 지하철 입구로 밀려 들어간다

고양이 여자

여자의 얼굴에 창이 반쯤 걸쳐진다 빛에 닿은 입술과 어둠에 잠긴 입술, 반은 점점 하얘지고 반은 점점 검어진다 여자는 눈을 감는다 하얀 쪽은 점점 더 하얗게 검은 쪽은 점점 더 검게, 여자의 입술이 묻히고 흑백만 남는다

창틀 속으로 검은 고양이 하나 들어온다 검은 쪽에서 하얀 쪽으로 몸을 디민다 고양이가 머리를 돌려 창 안쪽을 본다 검은 두 눈이 반짝인다 검고 흰 창이 조각조각 부서지며 색깔이 터진다 날아오른다 물결이 퍼지듯 날갯짓하듯 여자의 얼굴이 언뜻언뜻 드러난다 여자는 여전히 눈을 감고 있다 검은 창의 흰 날갯짓 흰 창의 검은 날갯짓 여자가 눈을 뜬다

여자는 밤이면 고양이가 된다 문밖에는 여자를 기다리는 고양이가 있다 문이 열리고 여자가 나선다 덜컥 문이 닫히는 소리와 함께 여자는 고양이로 변신한다 기다리는 고양이와 눈을 맞추고 입을 맞추고 나무 사이로 뛰어간다 담장을 올라 담장을 따라 언덕 위로 뛰어간다 언덕 위에는 달이 걸쳐 있고 군데군데 별이 박혀 있다 고양이 여자와 여자 고양이는 서로를 안고 언덕 위까지 단숨에 오른다 달 속에 잠시 머문다 고양이 둘, 달빛을 먹는다 별빛이 반짝인다 언덕 위에서 기다리던 고양이 무리가 달 속으로 한꺼번에 뛰어든다

달 정류장

보도블록의 요철을 디딜 때마다 전해지는 발바닥의 출렁거림 몸 안쪽 어딘가 새겨지는 굴곡 저기 버스 정류장 점점 밀려 들어오는 버스들 아스팔트 도로 위 신기루로 흔들리는 굴곡 아침에 떠난 버스는 저녁에 돌아오고 어제 떠난 사람은 오늘 돌아온다

어제는 그 사람을 피해 도망 다니다
오늘은 그 사람을 기다린다

버스에서 내리는 사람들의 착지를 주시한다 내딛는 발인지 디딤 발인지 왼발에 힘을 싣는지 앞으로 뻗는지 등을 보이는 사람이 그 사람이다 눈을 감는다 몸 안쪽에 새겨진 굴곡을 따라 흔들리는 거리 수소보다 가벼운 웃음소리 주머니 속 옆구리를 간질이던 칼을 꺼낸다

행복했던 적이 없으므로
여자는 불행을 알지 못한다

동서로 뻗은 도로에 사람과 차들
이 오간다 해 뜰 녘의 여자는 빛을 안
고 해 질 녘의 여자는 빛에 밀려간다
아침의 여자와 저녁의 여자가 교차한
다 빛을 안고 떠난 여자는 돌아올 때
도 빛을 안고 온다 빛에 밀려간 여자
도 돌아올 때 빛에 밀려온다 이 거리
의 하루는 일방적이다

오늘 밤, 달의 뒷면을 본 여자들은
눈을 뜨고 잠들 수 있다

똑바로

똑바로 쳐다보지 못한다고 바로 보지 못하는 건 아니야 내 눈길이 네 눈과 마주치지 않는다고 딴 곳을 보는 것이라 단정 짓지 마 어떤 눈의 초점은 한가운데가 비어 있기도 해 집중하면 비고 마는 중심, 어떤 것도 담을 수 없는 텅 빈 눈망울, 도넛을 먹을 때 가운데를 먹는 사람은 어떠니 그러니 똑바로 쳐다보라고 하지 마 도넛처럼 타이어처럼 엽전처럼 가운데가 텅 빈, 테두리가 전부인 사람의 중심은 얼마나 투명한지 알기나 한 거니 정말,

지금 너를 똑바로 보고 있는 나의 눈길은 아무것도 볼수 없어 나는 너를 보기 위해 어깨 너머로 눈길을 옮겨넌 내 눈을 보고 있지만 나는 너의 얼굴 너머를 보고 있어 거기에는 너도 어쩌지 못하는 들판과 하늘, 내 뒤에도 푸름과 텅 빔, 그곳을 너도 봐 줘 나의 빈 곳이 곧 나이기도 해 그러니 부디,

똑바로 앉아라 똑바로 봐라 똑바로 살아라, 하지 마 똑바로가 똑바로 아닌 것은 똑바로 너머의 푸른 들판과 텅 빈 하늘이 똑바로 알려 주잖아 이제 서로 똑바로 쳐다 보지 말고 바로 보도록 해 해를 보지 않아도 빛을 볼 수 있잖아 너의 몸이 반사하는 빛을 쫓으면 나는 빛의 중심 에 갈 수 있어 똑바로 보지 않아도 들판과 하늘이 만나는 곳을 볼 수 있다면 눈과 눈이 마주치지 않아도 빛은 빛 어둠은 어둠이니 제발,

여닫다

몸이 아프다 언제부터인지 모를, 잊어버린 날로부터인, 몸속 깊은 곳에서 전해지는, 눈을 감으면 소리, 눈을 뜨면 고통

그날, 여자는 무언가 타는 것을 본다 가벼운 연기는 구름이 되고 무거운 연기는 하늘이 된다 여자는 하늘을 덮고 눕는다 눈을 감으면 천둥 눈을 뜨면 번개 두꺼워지는 구름 짙어지는 연기 여자는 천둥과 번개와 구름과 연기로 마블링된 하늘 이불을 덮고 눕는다 눈을 감는다 땅속에서 울려 오는 소리,

내 몸은 번호예요.
1번부터 206번까지 탁탁 소리가 나요
토막토막 번호를 따라 미로를 벗어나요
바스락, 번호가 썩고 있어요 사라지고 있어요.
눈을 뜨면 침묵이에요 눈을 감으면 파동이에요

여자가 몸을 만다 몸속에 스민 소리가 똬리를 튼다 부
화를 기다리는 고통 아픔은 어디에서 올까, 여자는 몸속
이 궁금하다 벌떡 일어난다 고통은 출렁, 몸을 흔든다 욕
실로 향하는 고통, 흔들리는 고통, 슬리퍼를 신는 고통,
수납장 문을 여는 고통,

상처를 낸다 몸속이 보인다 고통을 꺼내고 상처를 닫
는다 고통은 떠오르고 닫힌 상처는 흔적으로 남는다 누
군가 여자를 본다 여자는 떠오르고 흔적은 사라진다 다
시 하늘은 멀어지고 구름은 떠 있다

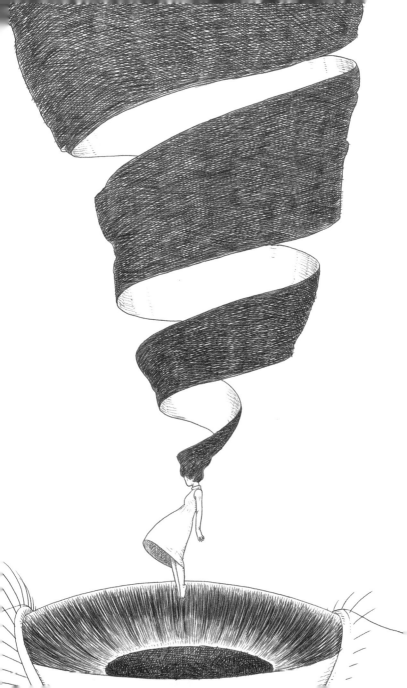

흐르다 말,

　서쪽 하늘 구름 사이로 햇살이 내린다 구름은 검은색
암회색을 번갈아 출렁인다 하늘이 열리듯 비가 내리듯
빛이 내린다 빛이 닿은 곳의 빌딩들이 차례 없이 자란다
구름에 닿는다 구름과 구름 사이를 뚫고 오른다 빛은 멈
추고 구름은 어둡고 빌딩은 컴컴하다 빌딩들의 창에 불
이 켜진다 순서에 맞춰 점멸하다 모두 꺼진다 어둠만 남
는다

　반대편 하늘의 구름 사이에서도 햇살이 내린다 구름은
여전히 검은색 암회색을 번갈아 출렁인다 하늘이 열리고
빛이 쏟아진다 저지대 여기저기에 빛 웅덩이가 생긴다
웅덩이에서 넘친 빛이 모여 흐른다 빛은 더 낮은 곳으로
흐르다 가장 깊은 웅덩이를 채우고 용솟음친다 다시 구
름과 구름 사이로 빠져나간다 빛은 사라지고 강은 마르
고 웅덩이는 컴컴하고 어둠만 남는다

한동안 어둠, 구름은 모두 검은색, 세상은 위아래 없이 컴컴하다 천천히 사람들이 빛을 향해 걷는다 사람들 몸에 따개비처럼 들러붙은 빛, 반짝인다 멀어질수록 사람들은 빛 뭉치, 뭉텅뭉텅 걸어가는 빛 덩어리, 하늘 이곳저곳 구름 틈 사이로 다시 빛이 내린다 컴컴하던 웅덩이에 빛이 고인다 웅덩이가 점점 커진다 호변으로 밀려난 어둠을 사람들이 밟고 있다 구름은 닫혔다 열렸다를 반복한다 하늘의 점멸이 땅으로 이어진다 사람들 몸이 반짝인다 구름이 하나둘 닫히고 마지막 남은 빛줄기 굵어진다

　여자는 햇빛을 타고 온다 트레드밀 위를 달리듯 빛을 밟고 사뿐, 오래된 집들이 사방으로 둘러싼 어제의 마을을 지나 빛 호수를 가로질러 사람들이 점멸하는 호변에 내린다 첨벙첨벙 빛이 튄다

빛은 천천히 여자를 떠나 동쪽 빌딩 벽을 타고 오른다
창과 창 사이 빨랫줄에 널린 흰 빨래 검은 빨래를 말리고
내일로 날아간다 어둠을 덮고 공터는 잠든다 여자는 어
제와 오늘 사이, 춤춘다

고래 —희상에게

　자식을 먼저 보낸 죄인이지, 흐트러진 옷매무새를 닮은 그의 말은 너무도 상투적이어서 무거웠다 그 무게에 눌려 어떤 위로도 꺼내지 못했다 반백의 머리 너머 스크린에는 부모를 죄인으로 만든 아이의 사진들이 나타났다 사라지며 자신의 짧은 생을 선명히 보여 주고 있었다 그의 희끗한 머리가 부옇게 흐려졌다 그리고 아무 말이 없었다 아이는 어떤 이유로 부모의 마음에 죄의식을 남기고 서둘러 이곳을 떠났을까 그의 마음은 아직 아이와 잡은 손을 놓지 못하고 이곳의 인과를 고백하고 부정하고 토로했다 사인은 있어도 사고는 그냥 그렇게 일어난 것일 뿐, 어떤 이유도 없었다 미리 정해 둔 것도 아니었다 우연은 사고를 일으키고 사인을 정하고 죄인도 만들었다

위로는 시간의 일, 어떤 명언도 사람을 치유하지 못한다 그의 손을 잡고 머리 너머 아이의 흐르는 생이 여러 차례 반복되었지만 아무 말은 떠오르지 않았고 시간만 흘렀다 희미해진 그의 머리 너머 마지막 사진 뒤에 고래를 만나러 가는 아이의 모습이 이어졌다 고래를 만나러 갔을까, 그는 내 눈을 한참이나 보다가 고개를 숙였다 그랬겠지, 다시 고개를 들어 나를 보는 그의 눈에는 바다가 출렁이고 있었다 아이가 탄 배도 파도도 흔들리고 있었다 갑판 난간을 잡고 선 아이는 바다 쪽으로 몸을 기울여 솟구치는 고래를 바라보고 있었다 멀어지는 아이의 뒷모습이 그의 눈 속에서 점점 작아지고 있었다

아이가 고래를 따라

바다 너머로 사라진 뒤

그의 눈에는 검푸른 바다만이

출렁이고 있었다

둘.

순환 버스를 타고 내리는 풍경

점자

여자는 베란다 유리창 앞에 서 있다 한동안 움직이지
않는다 창에 가득 노을빛이 번지고 시시때때로 변하는
시간이 거기에 스며든다 여자는 창틀에 꽉 찬 하늘을 베
어 내 스카프를 만든다 스카프에 든 물이 뚝뚝 떨어진다
마룻바닥에 점점이 번지는 시간들

　여자는 스카프를 펼친다 스카프 끝에서 불그레한 방울
이 떠오른다 여자의 머리 높이 위에서 방울방울 터진다
스카프는 점점 짧아지고 여자의 목이 드러난다 여자의
목에는 여자의 지난 시간이 그어져 있다 스카프가 사라
진 자리에서 어둠이 번지기 시작한다 어두워진 거실에서
여자도 어두워진다 지난 시간만이 어둠 속에서 빛난다

아침이겠지 빛이 눈부셔 어둠 속에서도 빛났던
창에 가득한 여자의 시간

창을 채운 풍경은 빛으로 가득하다 여자는
빛 때문에 눈을 감는다 밤이
되어야 눈을 뜨는 여자 눈을 떠도
아무것도 보이지 않는다 눈을 감아야
보인다 눈을 뜨면
보이지 않는다 가끔
눈 감아도 보이고 눈을 떠도 보이고
눈 감으나 뜨나 보이지 않는 여자는
빛 없는 세상을 그린다 창에
가득한 풍경을 어둠을
덮는다 빛의 굴곡을 따라 여자는
손끝으로 더듬는다
오목오목 볼록볼록 그리고 밋밋
지난 시간이 셈여림으로 묵묵히 빛난다

이명 여행

귓속은 언제나 가을 봄에도 가을 여름에도 가을 가을
에도 가을 겨울에도 가을 비가 와도 가을 눈이 와도 가을
바람 불어도 가을 번개 쳐도 가을 오른쪽 귓속은 풀밭 풀
벌레 시끄러운 가을밤 풀밭 왼쪽 귓속은 언제나 파도 밀
려오고 밀려가는 가을 바닷가 스테레오 타입으로 겹쳐지
는 이중주 귀 기울이면 들려오는 적막 귀 막으면 살아나
는 이명 가을밤 풀숲에서 바다로 가는 소리의 순열

쓰르라미쓰르쓰르쓰르르라미라미

솨아싸아츄르릇사우와쏴우어싸아

　여자는 전동차 손잡이를 붙잡고 창밖을 본다 퇴근 무
렵 사람으로 가득한 전철은 지하 구간을 벗어나 다리 위
를 달린다 철컹철컹 울리는 소리에 맞춰 여자의 얼굴에
저녁노을이 출렁인다 자리에 앉은 사람들의 얼굴에는 스
마트폰의 불빛이 어른거린다

　노을빛이 옅어진다 이어폰을 빼자 차창에 이명이 그려
진다 깊은 가을 풀밭과 한사리 바닷가 여자는 풀벌레 소
리와 파도 소리를 듣는다 창밖에 흐르는 전선에 두 겹의
소리를 받아 적는다

승객이 모두 내린
전동차 안 실내등이 모두
꺼지고 여자는 이명을 연주한다
파도와 풀벌레의 이중주 실내등이
하나둘 켜진다 전동차가

움직인다 서서히

여자는 이명 속으로 들어간다
차창은 소리조차 어둠이다

사라진다

　바다는 아직 보이지 않는다 해안사구, 몇 갈래 길을 따라가면 바다를 만날 수 있다 군데군데 물웅덩이 속 잔풀들이 하늘을 흔들며 하늘거린다 수면에 반사된 하늘은 어둡다 이미 걸어간 자국이 바람을 덮고 희미해진다 그 위에, 옆에 다시 자국을 남기며 길은 이어진다 바람이 언뜻 분다 머리카락이 날리고 그 방향으로 계속 걷는다 언덕 너머의 바다는 소리로 먼저 보인다 멀리 희뿌옇게 다가온 화력발전소의 굴뚝, 솟는 연기가 완만하게 꺾인다 저곳의 바람은 이곳의 바람과 다르다 여자는 이곳 바람의 방향으로 걷고 저곳 바람을 거스른다 풀도 억새도 여자의 방향을 따른다 바람은 언덕 위에 멈춰 서서 바다를 내려다본다 비로소 바닷소리가 보인다 열 지어 차례차례 밀려오는 바다, 쓰르르 쓰르르 가을을 닮은 소리, 여자는 눈을 감는다 이명, 한없이 멀어지는 소리와 쉼 없이 밀려드는 소리가 겹쳐진다 섞인다 바람이 여자의 귓속으로 바다를 밀어 넣는다 여자는 서서히 바다로 들어간다 바다에서는 바다가 들리지 않는다 두 손바닥으로 귀를 막는다 쓰르르 쓰르르 멀어지던 소리가 점점 커진다 깊어질수록 희미해지는, 여자는 조금씩 바다가 되어 간다 발전소의 연기는 조금 더 꺾여 있다 이곳의 바람은 저곳의 바람을 거슬러 그곳으로 분다 바다는 쓰르르 쓰르르 가을로 밀려간다 여자는 이제 소리만 보인다 바람을 덮고 바다는 더 이상 들리지 않는다

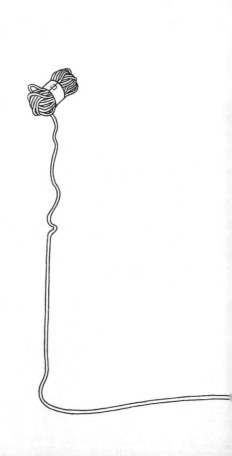

무중력 스웨터

여자는 식탁을 풀어 뜨개질을 시작한다
짙은 갈색의 스웨터
식탁이 풀리자 그릇들이 허공에 둥둥 뜬다
가슴둘레는 다른 색이 좋겠어
풀리는 야채 그릇
스웨터의 가슴둘레는 파란색으로 강조된다

김치 그릇의 끝을 당겨 스웨터의 가슴에
붉은 새를 한 마리 짜 넣는다
두 팔과 목을 짤 실이 부족해
결국, 여자는 몸을 푼다
발끝을 당겨 뜨개질을 계속한다
다리와 엉덩이, 배와 등, 가슴이 풀리자
여자의 남은 몸뚱어리는 손과 머리
아직 스웨터는 완성되지 않는다
머리로는 뜨개질을 할 수 없지

여자는 얼굴을 풀어 나간다, 이어 팔을 푼다
손목이 풀릴 때 스웨터는 완성된다
허공에 떠 있는 여자의 두 손이 뜨개바늘을 놓고
스웨터를 내게로 가져온다
허공의 스웨터가 나를 집어넣는다
내 몸이 들어가자 스웨터는 가방을 들고 밖으로 나간다
어느새 여자의 두 손은 떠 있는 그릇들 사이에서
가볍게 흔들리며 스웨터를 배웅한다

이른 아침, 거리에는

형형색색의 스웨터들이 떠다닌다

고양이 마음대로

　마음이 무거울 때는 밤바다로 간다 바닷가에 서서 한 동안 무거움을 들고 파도를 기다린다 먼바다로부터 오는 파도는 아주 가느다란 실이었다가 점점 굵어져 털실만큼 두꺼워진다 눈앞에서 털실 뭉치처럼 터지며 파도는 발밑에 고양이 한 마리를 쏴아, 부려 놓고 간다 밤바다는 깊어 마음도 무거움을 조금씩 내려놓는다 깊은 밤 바닷가 고양이들이 자리 잡은 모래톱은 어지럽게 흔들리고 마음은 마음을 흔들어 무거움을 덜어 낸다 바다는 바다대로 마음은 마음대로 부려 놓고 내려 놓은 고양이들이 떼를 이룬 밤바다에서,

순간, 눈을 뜨니 소파에 누워 손을 가슴에 모으고 잠
에서 깬 내 몸이 보인다 가랑이 사이에 작은 고양이, 소
파 옆 바닥에는 큰 고양이가 똬리를 틀고 자다가 나와 눈
이 마주친다 번쩍 눈을 떴다가 천천히 감는 고양이 눈빛
바닥에 가랑이 사이에 몸을 밀착하고 움직일 줄을 모른
다 나는 몸을 일으켜 소파를 벗어난다 잠시 중력이 사라
진 것처럼 몸이 둥실 뜬다 그리고 이내 무거워지는 몸,

무거운 것은 몸의 일이어서 마음이 마음대로 하지 못한다 무게는 아래로 아래로 몸을 끌고 내려간다 나는 무게를 밟고 서서 아직도 바닷가에 있는 고양이들을 내려다본다 시선도 무게가 있는지 툭, 고양이를 건드린다 다시 눈을 뜬 두 고양이 온몸의 털을 세우며 크고 작은 무게에 저항한다 천천히 무게를 옮기며 무게를 벗어나고 있다 뭉치의 무게는 털실이 되었다가 가는 실이 된다 마루 끝에서 풀쩍, 캣 타워를 오른다

건너간다

　여자는 남자의 손을 잡고 원시림을 건너간다 숲을 훌쩍 뛰어넘는 여자의 도약은 가볍다 나무 위에 선 남자의 손이 떨린다 숲 밖에는 버스 한 대가 멈춰 서 있다 버스 뒷문은 열려 있고 자리에는 몇몇 사람이 졸거나 신문을 보거나 이어폰을 끼고 있다 여자가 건너온 숲 이쪽 입구에는 미처 건너가지 못한 여자의 스커트 끝자락이 걸려 있다 숲은 푸르고 여자와 남자와 버스는 검거나 희다 한 순간이 멈춰 있다 아슬아슬하게 걸린 이미지

　달빛을 받은 여자만 남고 남자와 버스와 숲은 어둠 속으로 사라진다 여자는 이제 어둠을 건너간다 어둠 속에서 알알이 반짝이는 것을 스쳐 지나간다 여자의 스커트는 빛을 일으킨다 바람의 방향으로 반짝이는 것들이 흘러간다 여자는 건너가고 지나가고 흘러가는 그대로 멈춤,

빛이 있으라 했으니 반짝이고 반짝이는 것이 멈추어도
빛은 빛을 일으킨다 여자는 여전히 그대로 건너가고 지
나가고 흘러가는 숲 위에 어둠 위에 멈춰 있다 멈춤은 빛
나고 여자는 빛 위에 멈춰 있다

여자는 이제 어둠을 건너간다

어둠 속에서 알알이 반짝이는 것을 스쳐 지나간다

치통

진통제로도 진정되지 않는 치통의 밤, 아픈 이를 부여
잡고, 왜 치과는 응급실이 없을까, 생각조차 아픈 밤, 독
주 몇 잔을 마시고 잠든다 꿈속에서도 치통은 계속된다
꿈속에서는 칼질이 너무 쉬워, 생각만으로도 고통은 잘
려 나간다 아픈 어금니 쪽 턱을 도려내고 하늘을 채운다
한쪽 턱은 안도의 웃음, 한쪽은 텅 빈 하늘, 내 반쪽 웃음
을 그림자 여자가 아련하게 올려다본다

꿈 깨면 고통이 턱 하고 붙을지 몰라
꿈속에서도 꿈인 줄 아는 게 얼마나 다행인지 몰라

꿈 깨지 말았으면, 감은 두 눈을 또 감는다 불안이 마
음을 채우는지도 모른 채, 감은 눈은 무엇으로 감을 수
있나 꿈으로 엮은 끈으로 다시는 눈뜰 수 없도록 눈을 칭
칭 동여매는 꿈을 꾸는 사이,

불안으로 가득 찬 마음도 도려낸다
마음이 없으니 마음 비울 일 없을까
마음 없는 마음에 마음 쓸 일도 없을까

마음은 오직 미치는 일, 미치도록 노래하는 일, 장조인
지 단조인지 정하는 데만 마음을 쓰면 되는 일, 비우기는
어려워도 도려내기는 쉬운 일, 일일이 마음 쓰지 않아도
되는 일,

꿈 깨

    그림자 여자가 낮은 마음으로 속삭인다 마음이 없는 나는 마음을 들을 수 없어 벙긋대는 그림자 여자의 검거나 흰 입 모양을 내려다본다 노래가 끝나려는지 선율이 마음으로 움직인다 나는 꿈 깰 수 없어서 마음 뒤에 도돌이표를 그려 넣는다 그림자 여자의 마음이 무한 반복된다

쇠사슬

쇠사슬에 묶이는 꿈에서 깨어난 아침, 여자는 온몸이 쇠사슬이 된 기분이다 움직일 때마다 쇳소리가 난다 쇠와 쇠가 부딪는 소리 꿈과 아침이 연결되는 소리 알람이 울리자 여자의 몸이 흔들린다 철렁철렁 쇠사슬 몸을 끌고 샤워 부스로 들어선다 물줄기에 부딪는 쇠사슬 소리가 영롱하다 쏴쏴 스릉스릉 온몸에서 철가루가 떨어진다 아침은 간단히 쇳물에 쇳가루를 말아 먹고 여자는 얼굴에 철판을 깔고 출근을 한다

정류장에는 쇠사슬들이 서로 몸을 얶어 통근 버스를 기다리고 있다 여자는 맨 뒷줄에 서서 쇠사슬을 연결한다 버스가 도착하자 쇠문이 열리고 쇠사슬들이 차례로 버스에 오른다 철컹철컹 쇠사슬이 의자에 똬리를 튼다 버스가 급정거하자 졸고 있던 쇠사슬이 버스 바닥에 쏟아진다 처러럭 정신을 차린 쇠사슬이 얽힌 몸을 푸는 동안 버스는 회사에 도착한다

엮인 쇠사슬들이 차례차례 회전 철문을 밀고 들어간다 로비에서 엮인 몸을 풀고 쇠사슬들은 부서별로 다시 엮인다 경영진 쇠사슬들은 회의실에 엮여 있다 오늘 회의의 결론은 쇠사슬다운 쇠사슬이 되자, 세상은 넓고 쇠사슬은 많다, 쇠사슬보다 끊기 어려운 것은 없다, 처음 쇠사슬처럼, 세일즈맨보다 아이언맨의 시대 등이다 여자는 컴퓨터 전원을 올리고 잠시 생각한다

쇠사슬은 쇠사슬을 끊을 수 있을까
끊긴 쇠사슬의 쇳가루는 쇠의 것인가 사슬의 것인가

생각 사슬이 꼬리에 꼬리를 물고 엮이는 사이, 컴퓨터
초기 화면이 켜진다 스르릉 화면 속 철창이 빛난다 여자
는 오늘 밤 쇠사슬을 끊는 꿈을 예약한다 예약 확인 메일
이 도착한다 오늘 밤 당신이 얻는 것은 녹이요 잃는 것은
엮임이다, 예약 확인 메일을 확인하는 여자는 엮임보다
묶임이 아닌가 하고 고개를 갸웃거린다 여자의 귀에서
쇳가루가 떨어진다

출근 시간이 지난 창밖 거리
끊긴 쇠사슬이 녹슬어 간다

바람눈

이제는 눈을 감고 걸을 수 있다
찾을 수 있다 이 거리
빌딩 벽에서 뜨고 공원으로 지는 낮과 밤
눈을 감아야 보이는 바람
건물과 건물 사이
길과 길 가운데로 밀려왔다 몰려 나가는
바람 습기 햇살
한 걸음 한 걸음 내딛는 발걸음
나타났다 사라지는
사람들 차들 보도블록들
바람이 밀려들어 몸에 새기는
거리의 미세한 코너링

여자는 눈을 감은 채 눈을 뜬다 투명한 것은 투명한 채로 보이고 부딪는 것은 부딪는 채로 만져지고 흔들리는 것은 흔들리는 대로 들린다 사라지지 않은 바람, 만질 수 있는 습기, 흔들리는 햇살, 거리와 거리의 거리와 넓이, 크기를 가늠케 한다 계획된 시가지의 교차로, 블록으로 이어지고 이어진 풍경은 보이지 않아서 보이는 것들을 사이에 두고 견고하다 새겨진 번호만이 수많은 십자로를 구분한다 네 자리 번호의 버스는 먼 곳까지 갔다 돌아오고 십자드라이버로 나사를 돌리듯 사람들은 이름을 바꾸고 눈을 고치고 생각을 뒤집고 마음을 흔들고 오던 길을 돌아간다 감은 눈을 뜨는 순간, 순환 버스를 타고 내리는 풍경은 순조롭고 단순하다 여자는 눈을 감고 한동안 이곳에 서 있다 풍경을 만지며 거리를 접으며 지나간다 여자가 지나간 자리, 풍경이 무너지고 거리가 사라진다 여자의 자리만이 풍경을 지킨다 거리를 가늠한다

피아노

거실 한가운데 휠체어가 있었다 소형 그랜드 피아노는
휠체어 오른쪽으로 몇 발짝 떨어진 북쪽 창가에 있었다
피아노의 덮개는 열려 있었다 건반은 아직 온기가 남아
있었다 보면대에는 베토벤 피아노 소나타 악보집이 놓여
있었다 다섯 번째 페이지가 펼쳐져 있었다 페이지 양쪽
아래 귀퉁이는 손때가 묻어 있었다 색이 바래져 있었다
양쪽 귀퉁이는 스코티시폴드 고양이의 귀처럼 어제의 피
아노 소리가 접혀 있었다

곧바로 튀어나올 것같이 음표들이 팽창한다 여자는 북
쪽 창턱에 걸터앉아 창밖을 내려다본다 피아노 의자는
오른쪽 벽으로 밀려나 피아노 건반과 평행을 유지한다
피아노 의자 뒤에는 흰색 무명천 테이블보가 덮인 아담
한 탁자가 있고 그 위에는 투명한 화병에 여러 송이의 프
리지아가 꽂혀 있다 서쪽 창으로 들어온 빛은 바닥의 어

둠에 희석되어 간다 여자는 창밖에서 방 안으로 천천히 고개를 돌려 빛의 농도를 가늠한다 빛 속에 흩어지는 먼지를 따라 서쪽 창으로 간다 서쪽 창이 붉게 물들고 여자의 실루엣은 어둠에 물든다 피아노 덮개는 여전히 열려 있고 악보는 페이지를 넘긴다 어둠 속에서 울리는 피아노 소나타의 음들이 방 안을 떠돈다 울린다 눈물을 가둔 사람은 떠도는 것만으로도 슬퍼진다 여자는 방 안을 울리고 방은 눈물을 떠돈다 휠체어가 넘어진다

위 진술에 거짓이 없음을 밝힌다 검은 방은 환해지고 만약 거짓이 있을 때는 어떠한 곡이라도 연주할 것을 서약한다 도돌이표를 무시하고 언제라도 끝낼 수 있다는 거짓말 언제 다시 그 집에 갈 수 있을까 피아노 덮개는 지금도 열려 있을까 도돌이표로 잠긴 철문을 열 수 있을까

자장가

객석은 어둠으로 가득하다 자리에 앉은 어둠이 천천히 선명해진다 문은 닫혀 있다 문 위에 푸른 시그널, 비상구 유도등의 글자와 그림이 빛난다 잔 빛은 어둠 속으로 파고들고 분별은 어둠의 자리에 번호를 매긴다

여자는 객석 맨 앞자리에 앉아 있다 핀 조명 하나가 여자의 정수리에 떨어진다 콘서트홀에는 어젯밤 소리가 색색으로 얽히고설켜 있다 여자는 꼬인 소리의 끝을 잡고 한 올 한 올 풀어 나간다 소리 실은 색색으로 분별되어 여자의 손끝에서 뭉쳐진다 소리 타래가 다섯, 여자는 가방에서 지휘봉을 꺼낸다

여자의 손은 천천히 조명 속에서 움직인다 지휘봉 끝에 소리 실이 걸린다 검은 소리와 흰 소리가 섞인다 지휘봉이 조명 안팎으로 드나든다 소리 실은 출렁이며 무대 위로 모인다 피아노를 뜬다 여자의 손이 빨라진다 피아노는 점점 팽팽해진다

소리 실 피아노, 자장가를 연주한다 여자는 피아노의 이름을 짓는다 검고 하얀 소리가 잠 속으로 인도하는 수면 피아노, 묵음으로 연주하는 잠듦 피아노, 잠과 꿈과 듦이 피아노에서 흘러나온다 여자는 지휘봉을 내려놓고 자장가를 따라한다

자장 자장
소리 실이 여자를 감싼다
여자는 눈을 감는다
소리 실 고치 속에서 잠든 여자는
깨어나지 않는다

무대에는 자 장 자 장 자장 자장 자장자장자장······ 끝없이 연주하는 수면 피아노, 객석에는 장 자 장 자 장자 장자 장자장자장자······ 잠과 꿈과 듦으로 얽히고설킨 소리 실 고치, 비상구 유도등이 꺼지고 어둠 속 어둠, 자장 자장자 자장 자 장자 자 장 자 장 자······ 자장가는 잠들지 않고 여자는 잠에 갇힌다

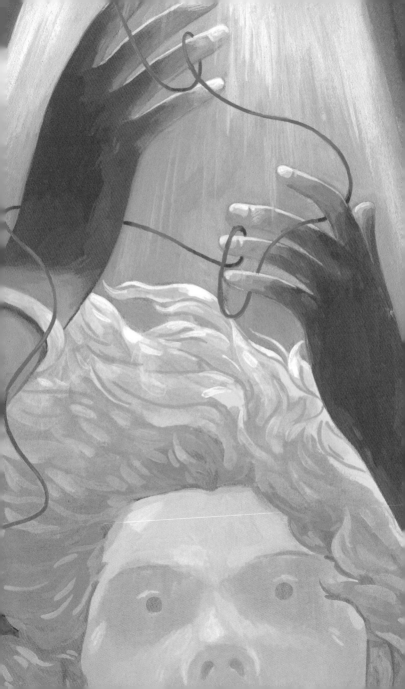

셋.
꿈꾸면 깰 꿈 꿈 깨면 꿀 꿈

거울 속 거울

 문을 열면 또 문이 있고 또 문을 열면 또다시 문이 있고 또다시 문을 열면 느닷없이 문이 있고 느닷없이 문을 열면 자꾸 문이 생긴다 문안의 방은 문을 만드는 방 여자는 오늘도 그 문을 열고 연다
 문안에는 거울 거울 안에는 문이 있는 방 안에서 남자는 그림을 그린다 거울에 비친 남자의 여자 거울에 반사된 여자의 남자 남자는 문을 여는 여자를 그리고 여자는 그림을 그리는 남자의 문을 연다

내 몸은 온통 거울이에요
내 몸은 온통 방이에요

문을 열면 거울 문을 열면 방 방을 열면 문 거울을 열면 문 문을 열면 남자 거울을 열면 여자 남자는 여자를 열고 여자는 남자를 닫는다

거울아 거울아 문을 닫아라

문을 열고 방문한 여자 방 안에서 문안을 받는 남자 남자는 거울에 그려진 여자를 그린다 여자는 거울을 그리는 남자를 거울 속에 가둔다 거울은 남자의 방에 들어온 여자를 비춘다 거울은 거울을 그리는 남자를 새긴다 거울에 반사된 여자는 문을 열고 나간다 거울이 문을 닫는다

당신이 그린 당신 그림은

당신을 그린 그림이 당신보다 비싸다네요

화실의 문은 굳건하고 열쇠는 이중으로 채워져 있고요

당신밖에 없는 이 문안에서 당신은 당신을 그리며 오늘을 넘기고 있군요

하늘도 바다도 구름도 나무도 파도도 모두 당신에게 덮여 있어요

캔버스에는 당신이 그린 당신만이 꽉 차 있네요

당신이 그린 당신은 또 당신을 그리고 있군요

당신은 그림 속에도 있고 그림 밖에도 있고 아무 데나 있고 어디에도 있어요

그림 속 당신이 그린 당신은 속이 비어 있어요

당신이 없는 곳은 이제 당신 속밖에 없어요

당신 속에는 당신이 없고 어느 것도 없고 아무것도 없어요

그림 속 당신은 그림 밖 당신보다 비싸죠

이제, 그림 속 당신을 팔고 캔버스는 비워 두세요

당신 속에 당신이 없으니 캔버스도 텅 비워야 해요

당신이 그린 당신이 또 당신을 그렸듯 당신 없는 캔버스가 텅 빈 당신 속을 그릴 거예요

그런데 당신, 당신은 정말 당신이 맞나요

당신이 정말 당신인지 팔린 당신이 당신인지 속 빈 당신이 당신인지 그리는 당신이 당신인지 그려진 당신이 당신인지,

당신은 누구의 당신인가요

비 온 뒤

　지붕 위, 여자아이가 걸어간다 달빛이 조명해 주는 발
걸음, 언뜻언뜻 드러나는 붉은 발바닥, 도약하며 나간다
달빛을 얹은 아이의 발은 하얗게 노랗게 붉게 반짝인다
아빠에게서 벗어나 아버지에게 가는 걸음, 엄마에게서
벗어나 어머니에게 가는 길, 아이가 더 아이였을 때에는
없던, 아니었던 아버지 어머니, 가벼운 스텝 무거운 발걸
음, 걸으면서 아이는 자란다 달려도 달려도 언제나 지붕
위, 폴짝 건너뛰어도 닿은 곳은 또 다른 집 익숙한 지붕,
아이는 하늘 높이 솟아오른다 물컹, 달을 베어 먹는다 빛
이 쏟아진다

잠옷을 입은 어둠이 아이의 머리를 쓰다듬는다 첨벙첨벙 튀어 가는 아이의 발, 달빛에 젖는다 오른발과 왼발이 교차하는 어느 순간, 새벽이 터진다 아이가 아이에게 돌아서는 새벽녘, 여자가 여자에게 등 돌리는 아침, 아이를 벗은 여자는 베개를 물들이지 않는다 달빛은 이제 건조하다 마른 인형이 머리맡에 놓인 침대, 여자는 아이의 손을 놓는다 돌아보면 모두 아름다운 시간, 왜 아이의 아름다움은 앞에만 있을까 상처는 상처를 감싸고, 다시 비가 내려도 달빛은 사라지지 않는다 아빠 엄마가 잠든 교도소, 창살 사이로 달빛이 헤집고 들어간다

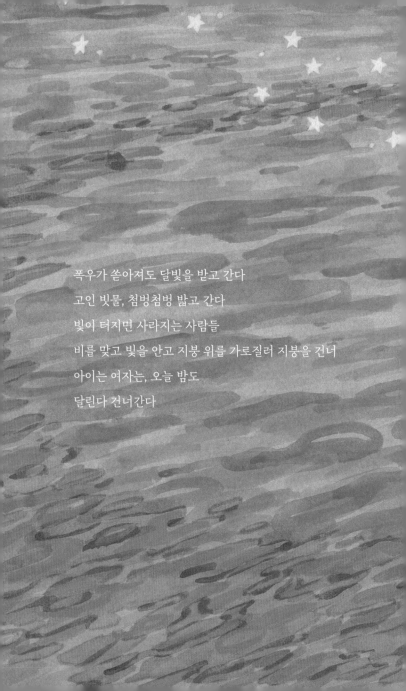

폭우가 쏟아져도 달빛을 받고 간다
고인 빗물, 첨벙첨벙 밟고 간다
빛이 터지면 사라지는 사람들
비를 맞고 빛을 안고 지붕 위를 가로질러 지붕을 건너
아이는 여자는, 오늘 밤도
달린다 건너간다

안녕

두 아이는 서쪽 문을 바라본다 활짝 열린 문으로 해 질
녘 하루의 끝자락이 환하다 열린 문에 가득하다 아이들
의 뒷모습에 걸린 집 안은 빛을 삼키고 여전히 어둠 속이
다 여자아이는 오른손으로 남자아이의 왼손을 잡고 있다
어둠과 빛의 경계에 선 아이들 빛은 아이들을 어둠으로
밀어 넣는다 어둠은 어둠으로 아이들을 그린다 잡은 손
은 뭉뚱그려져 있고 빛은 문밖에서 출렁인다 여자아이는
문밖으로 왼발을 내민다 남자아이가 오른발을 성큼 내딛
는다 이윽고 따라가는 두 아이의 오른발과 왼발 아이들
의 뒤는 이제 빛이다 빛은 남자아이를 지우고 어둠은 여
자아이를 삼킨다 여자아이의 오른손과 남자아이의 왼손
만이 선명하다 맞잡은 두 손은 빛과 어둠을 쥐고 있다

안녕 지난 하루는 출렁였어요
안녕 다가올 어둠은 물컹거릴 거예요

아이들은 사라지고 맞잡은 두 손만이 여전히 빛과 어둠을 쥐고 있다 어디에서 빛이 오는지 어디에서 어둠이 퍼지는지 두 손은 모른다 두 손을 놓으면 여자아이와 남자아이는 영원히 사라지고 어둠은 어둠으로 빛은 빛으로 마주할 것이다 여전히 문은 열려 있고 여자아이의 왼손과 남자아이의 오른손이 빛과 어둠을 쥐고 빛과 어둠에 실려 두둥실 떠 있다

안녕 꼭 쥔 손 놓지 않기를
안녕 어둠은 어둠으로 빛은 빛으로 영원하기를

꿈 길 뜰

뒤뜰에는 무엇이 있나 뒷문이 없는 집 뒤뜰은 꿈에 나
타난다 남향집 북쪽 벽 밖은 마을의 안길 줄행랑길 뒷산
길 아득히먼길 가끔 집 없는 개들이 떼로 몰려다니는 길
꿈속에서는 뒤뜰 호랑나비 날아드는 울긋불긋 채송화뜰
하늘하늘 해바라기뜰 꼬깃꼬깃 맨드라미뜰

　꿈 깨면 길 꿈꾸면 뜰

　여자는 부엌 창을 반쯤 열고 뒤뜰을 본다 아무 생각도
없는 사람처럼 그의 표정은 빛으로 나뉜다 그림자 속 눈
열리고 햇볕 속 눈 감긴다

　그림자는 길 햇볕은 뜰

　여자가 눈을 뜬다 여자는 눈이 감긴다 여자가 숨을 쉰

다 여자는 숨이 막힌다 여자가 듣는다 여자는 귀가 덮인
다 여자가 말한다 여자는 입이 닫힌다

　그림자는 눈 코 귀 입
　햇볕은 감기고 막히고 덮이고 닫히고

　열린 창 반쯤 열린 창 반만 열린 창 햇빛은 열린 창의
반의 반 반의 반 반의 반 반의 반으로 접힌다 사
그라진다 여자의 얼굴에 그림자가 늘어난다 두 눈은 뜨
이고 들숨과 날숨이 가빠지고 이명이 들리고 목소리는
주파수에 잡히고 계이름을 얻고

　그림자는 출렁임 햇볕은 사라짐

여자는 출렁거리며 뒤뜰로 나선다 어둠으로 가득한 창
문을 활짝 열고 햇볕 한 줌 없는 뒤뜰에 눕는다 어둠이
걷힐 때까지 여자는 눈을 뜨고 귀를 열고 숨을 쉬고 노래
하고

잠든다

꿈꾸면 깰 꿈 꿈 깨면 꿀 꿈

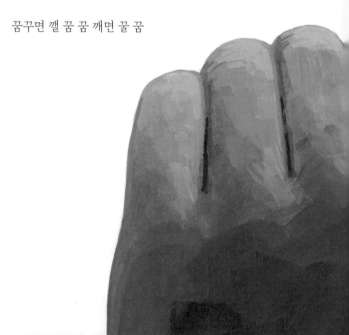

아무것도 아니다

　노을이다 아무것도 아니다 베란다 유리창에 비친 노을, 이야기다 아무것도 아니다 마음속으로 들어온 그날 밤의 이야기, 바닷가 카페 간판이다 아무것도 아니다 자정 넘겨 켜져 있는 바닷가 카페 간판, 빛나는 바위다 아무것도 아니다 일렁이는 파도에 하얗게 빛나는 바위, 새벽하늘이다 아무것도 아니다 썰물을 기다리는 새벽하늘, 물속이다 아무것도 아니다 숨 쉬는 시간이 점점 짧아지는 물속, 불빛이다 아무것도 아니다 멀리 가물거리는 오징어잡이 배의 불빛, 모래사장이다 아무것도 아니다 잠시 뒤돌아보면 한없이 쓸려 가는 모래사장

　그 너머로,

폭죽이 터질 때마다 바다는 높아지다 낮아진다 자동차의 전조등이 흔들릴 때마다 구름은 흐르다 멈춘다 해풍이 불어올 때마다 모래성은 쌓이다 무너진다 파도가 밀려올 때마다 발자국은 새겨지다 지워진다 물속이 열릴 때마다 여자는 나타나다 사라진다

아무것도 아니다,

낮아진 것은 낮아진 채로 바다는 바다인 채로 멈춘 것은 멈춘 채로 구름은 구름인 채로 무너진 것은 무너진 채로 해풍은 해풍인 채로 지워진 것은 지워진 채로 발자국은 발자국인 채로 사라진 것은 사라진 채로 여자는 여자인 채로

어디에도 있고 아무 데도 없는
아무것도 아닌 아닌 것도 아무
어디의 아무 아무의 어디

토끼는 부사를 좋아해

토끼 몸에 달린 것은 꼬리만이 아니다

털과 수염과 발톱
발톱 끝에 붙은 뾰쪽함
폴짝폴짝 뛰어다니는 풀밭
마당과 토끼집
몸에 부딪는 눈 비 바람 먼지 햇살
점프와 허공
검은 밤에 박힌 달과 은하수

어쨌든 토끼 그리고 토끼 아직 토끼 마침내 토끼 이미
토끼 그런데 토끼 그럼에도 토끼 불구하고 토끼 하지만
토끼 결국 토끼 어쩌다 토끼 어쩌면 토끼 도대체 토끼 살
짝 토끼 훌쩍 토끼 그렇지만 토끼 그러므로 토끼 급히 토
끼 반드시 토끼 아무튼 토끼

이석증의 새벽
변기에 속의 것을 모두 게워 내는데 그만
몸뚱이마저 쏟아져 들어간다
가까스로 변기를 붙잡은 손
팔뚝에 힘이 들어간다
다리가 후들후들 떨며 변기에 꽂혀 있다

하지만 변기는 어쩌면 변기는
토끼인지 모른다
떨리는 것들을 붙들고
토끼는 빙그르르 맴돈다
물이 내려가고 다시 차오르고
엉덩이로 가렸던 동그란 꼬리를 보여 주며
변기는 이미 토끼

부사만큼 많은 발랄한 토끼는
짐짓,
표정을 지우고 와글와글 몰려 있다

그 속에서는 이제 떠는 다리도 멈추고
회전도 그치고 불거진 핏줄도
가라앉는다
무표정한 토끼들 속에서 몸에 달린
어지러움을 떨쳐 내고
토해 낸 빈속에 무엇을 넣을지 생각한다

토끼가 있으면 토기가 없다
어쨌든 토끼의 뿔,
있거나 없거나 토끼에게 풀을

그래피티

1

먼 하늘, 비행기구름이 점점 퍼진다 미세 먼지에 싸인
구름이 흩어진다 사람은 죽을 때까지 죽어라 살아간다
사는 것은 죽음에 이르는 병, 아이들은 벽을 타고 오르고
어른들은 벽 위에서 뛰어내린다

2

어느 날 건물 입구 자동문 앞에 쿵, 하고 사람이
떨어진다 건물 앞에는 무심히 문을 나서는
사람 여섯, 건물로 들어가는 사람 셋
이 있다 쿵은 무심히를 덮쳐 누르
고 떨어진다 사람들은 쿵을 둘
러싼다 세월처럼 쿵의 머리
에서 피가 흐르고 온몸은 뒤
틀리고 달아나고 늘어진다 아
홉 사람은 일제히 눈을 크게

뜬 뒤 제각각 놀라고 소리 지르고 얼굴을 감싸고 외면하고 휴대전화를 꺼내고 건물 안으로 뛰어들고 털썩 주저앉고 안경을 닦고 사진을 찍는다 아홉에 아홉이 더해지고 또 아홉에 아홉이 더해진다 쿵은 순열로 더해지는 사람들 가운데에서 피를 흘리며 단단해지고 있다 피의 흐름을 따라 사람들 사이에 사이가 생긴다 마지막에 더해진 아홉 사람 중 경찰과 구급대원이 그 사이로 들어간다 쿵 앞에서 경찰은 사람들 사이를 넓히고 구급대원은 쿵의 코와 목에 손을 갖다 댄다 심폐소생술이 시행되고 사람들의 목소리는 저마다 영탄과 감탄 사이를 오간다 그 모든 쓸모없는 말들이 시가 된다

3

건물 앞 광장에는 순열에 관심 없는 아이들이 스케이트보드를 타고 논다 난간 손잡이를 타고 긁으며 아이들은 계단 아래로 점프한다 잠시 하늘에 닿은 아이들이 스케이트보드보다 먼저 떨어진다 다시 날아오른 한 아이는 옥상 위 한 사람의 실루엣과 겹쳐진다 구급차 사이렌 소리가 멀어지고 사람들은 접근 금지 테이프가 둘러쳐진 건물 앞을 돌아 문을 나서고 건물로 들어선다 비상계단을 내려온 여자는 로비를 가로질러 자동문 앞에 잠시 선다 문이 열리자 건물 밖으로 나가 노란 테이프 앞으로 다가선다 선혈 자국을 일별하고 여자는 광장으로 나선다 아이들은 여전히 뛰어올랐다 떨어진다 그중 한 아이의 어깨를 스치며 여자는 광장을 가로지른다 아이와 여자의 실루엣이 겹친다 떨어진다

블랙 플레이리스트

달아날 수 있는 수많은 길이 여기 눈앞에 있네 그 길이 시작되는 곳에 시동 걸린 자동차도, 하지만 오늘 밤 네 곁에 있게 해 줘 내가 틀렸더라도 거짓말을 하더라도,

추운 겨울밤, 사나운 눈바람을 뚫고 너는 가버렸네 눈 망울 가득 사월의 봄바람을 가득 담은 채, 아무리 아침 햇살이 찬란해도 이곳은 아직 흰 눈 덮인 세상,

네가 떠나 버린 뒤에도 나는 호숫가 마을에 남아 햇살 이 사라지고 어둠이 올 때까지 하루하루 노동으로 버티고 있네 언젠가 네가 돌아올 호숫가에서 달빛 부서지는 은빛 윤슬을 함께 바라보려고,

살아가는 동안 어떤 것은 바뀌고 어떤 것은 남겠지 사라지는 것도 남는 것도 모두 기억 저편으로 보낼 수 있다

면 폐허의 한가운데에서 나는 죽음을 맞을 수 있겠지 그럴 수 있다면,

　하늘의 아이스크림 성이 녹아내리는 것도 이제는 눈비처럼 모두를 적시는 일이 되겠지 구름 가득 길을 감추어도 찾을 수 있겠지 주고받는 일이 일상인 사람들에게는 사랑은 아무것도 아니라는 것을, 그 많은 명언 속에서도 여전히 알 수 없는 것은 삶이라는 것을,

　사진 속에서 너는 눈을 뭉쳐 내게 던졌지 기억에도 없는 일을 나는 사진 속에서 보고 있네 사랑은 기억도 던져버렸는지 사진 말고는 내게 남은 것은 없네 너의 사랑은 진실이었나 진실인가 진실일까 메스로 가슴을 가르고 볼 수 있다면,

열일곱에 나는 이미 진실을 알았네 사랑은 눈비처럼 평등하지 않다는 것을, 아름다움을 탕진한 사람보다 나는 나을 게 없어 부유한 사람은 부유한 대로 가난한 사람은 가난한 대로 사랑은 종교처럼 다가온다고들 했으나 사랑도 종교도 심지어 학교도 자리가 정해져 있었지, 바뀌지 않는 의자들,

　아주 오랜 옛날, 난 여전히 기억할 수……, [보관함에서 삭제, 오리지널 레귤러 파이, 주문 취소]

　나는 춤을 추고 당신은 드럼을 두드려요, 아니, 당신의 드럼에 맞춰 나는 춤을 출 거예요 누가 먼저 시작할지 정하지는 말아요 눈빛으로 바람으로 흔들림으로 당신은 리듬을 나는 춤을 그렇게 되는 대로, 내가 말을 하면 당신은 글을 쓰세요, 물론, 당신이 글을 쓰면 나는 말을 할 거

예요 누구랄 것도 없이 쓰고 읽고 말하고 받아쓰고, 그렇게 되는 대로 정한 것 없이,

　당신은 두꺼운 코트를 벗어 들고 지난밤 우리 집 문 앞에 서 있었나요 언제나처럼 당신은 그렇게, 그것이 집착인 줄 알면서 마치 나의 반응을 살피듯 바보 같은 게임을 멈추지 않는군요 철학도 바로크 음악도 당신의 아이템이 될 수 없어요 나는 치지도 못하는 기타를 잡고 당신이 처음 듣는 곡을 연주하겠어요 당신의 생각 없는 말들이 가사가 될 거예요 그 노래를 미친 듯이 불러 보세요 빗속에서 우두커니 서서,

　전에 당신이 이곳에 있을 때 나를 울부짖게 한 당신의 천사 같은 미소, 당신은 정말 특별했죠, 그 망할 얼굴에 이곳이 내게는 지옥 같았어요 더 이상 이곳에 있고 싶지

않아, 소리치며 문을 열고 나갔지만 문밖은 또 이곳, 그곳은 모두 이곳, 당신은 여전히 당신, 아주 특별한 당신,

　세상의 아름다움과 달빛, 당신 어깨 너머로 사라지고 당신의 이름이 부서지고 당신은 머리를 짧게 자르고 당신의 얇은 입술에서는 낮고 거친 한마디가 반복해서 터지고, 무슨 말인지 알 수 없었으나 말은 말이 아니고, 의미 없는 의미일 뿐, 당신이 머물던 방을 둘러보고 난 뒤 무엇인가 토막 났음을 느낄 수 있었죠 그리고 부러진 말이 당신의 입에서 튀어나온 것일 뿐,

　언젠가 아주 먼 훗날, 당신이 돌아올지도 몰라, 그날 나는 목 놓아 울부짖고 싶지만 그럴 수 없을 거예요 시간이 실처럼 이어졌다 해도 누군가 그것을 끊어 놓을 테니까, 당신이 아니기를 바랄 뿐, 그래도 나의 묘비에는 당신

의 이름을 새기고 당신이 그 이름을 내 무덤에서 발견한다면, 꽃도 십자가도 없는 그곳에서 그냥 잠시 머리 숙여 눈 감는다면, 모든 혼란이 잠들 듯 나는 거기 누워 있을 테니,

[랜덤, 반복 재생]

바람의 언덕

시간이 아무리 쏜살처럼 흘러도
고통은 선명하잖아요
보리밭에 바람이 불고
사내들이 바람보다 낮게 몸을 숙여요
바람에도 칼이 들어
옷을 찢고 살을 후벼요
아픔만큼 중독되기 쉬운 건 없어요

바람이었던 적이 있어요
바람이 바람에게
상처가 상처에게
고통을 주는 시간
그 언덕에 어린 내가 울고 있어요
그 애의 몸에서 피가 새어 나오고
바람은 그 피가 굳지 않도록

부드럽게 핥아 주네요

차마 소리가 되지 못한 고통이
바람에 날려 가고 시간이 되고

서서히 그 애는 바람이 되네요
앙상한 뼈만
바람보다 더 낮게 누운
보리 사이에서
천천히 일어서네요
언덕이에요
거기에 서서
내가 바람이었던 적을 떠올려요
손금을 따라 바람의 끝자락이 스쳐 가네요
시간의 흐름을 따라 번져 가네요

해설

당신과 나, 오버랩

당신과 나, 오버랩

어떤 발음 하나가 완성되어 가는 중인가. 굳이, 앞날, 섭리를 떠올리지 않아도 않는, 백로. 진리는 [질리]가 되어 가는 중인가. 형태가 분명했던 음소와 음소는 접촉의 순간 하나의 발음으로. 모든 형상은 형상 위로 포개어지는 것들 곁에 놓여 있다. 해가 뜨고, 빛이. 보이지 않는 물방울에 한 번, 창유리에 한 번, 창틀에 한 번, 고양이의 등허리에 한 번, 마룻바닥에 한 번, 당신의 발등에 한 번 포개어진다. 포개어진 자리가 따뜻한가. 무언가 태어나는 중인가. "무언가를, 그것이 사물이든, 인간이든, 신이든, 무언가를 경험한다는 것은 그것이 우리에게 일어난다는 것, 우리를 때린다는 것, 우리 위로 덮치고, 우리를 쓰러

뜨리고, 변화시키는 것을 의미한다."[1] 최규승의 시를 경험한다는 것은, 무언가 때리고, 덮치고, 쓰러뜨리고, 변화시키는 순간을 목격하는 자가 되는 동시에 맞고, 쓰러지고, 변화하는 주체가 되는 일이다. 이때 목격하는 자는 경험하는 자이며, 경험하는 자는 경험을 목격하는 자이다. 목격하는 자와 목격당하는 자 사이에 경계가 포개어진다. 다시, 시가 당신에게로 포개어지는 순간,

× X에 Y를 겹치면

문이 있다 문이 열린다 바람이 들어온다 문이 있다 문이 닫힌다 바람이 막힌다 문이 있다 문이 열린다 햇볕이 들어온다 문이 있다 문이 닫힌다 햇볕이 사라진다 문이 있다 문이 열린다 사람이 들어온다 문이 있다 문이 닫힌다 사람이 서 있다 문안,

한낮의 바람과 한낮의 햇볕과 한낮의 사람, 문안의 사람은 이제 두 사람, 탁자를 사이에 둔 의자에 두 사람이 마주 앉는다 탁자는 붉은색 빛바랜 붉은색, 문이 열리면 잠시 어두운 주황색, 두 사람은 남자와 여자, 또는 여자와

1 하이데거, 『언어로의 도상』.

여자

　여자는 말없이 커피를 마시고 문이 열리고 닫힌 사이 들어온 남자 또는 여자는 커피를 기다린다 막힌 바람과 사라진 햇볕을 기다린다 여자는 커피를 마시고 커피 잔에 이야기를 남긴다 커피는 사라지고 커피 잔 가득 여자의 이야기가 찬다 마주 앉은 남자 또는 여자는 그 이야기를 마신다 남자는 남기고 또는 여자는 비운다 이야기가 남고 이야기 여자는 자리에서 일어난다 이야기가 비워지자 이야기 여자는 이야기로 가득 찬 여자를 데리고 문을 연다

　문이 있다 문이 열린다 바람이 들어온다 문이 있다 문이 닫힌다 바람이 막힌다 문이 있다 문이 열린다 햇볕이 들어온다 문이 있다 문이 닫힌다 햇볕이 사라진다 문이 있다 문이 열린다 여자와 여자가 나간다 문이 있다 문이 닫힌다 여자와 여자가 서 있다 문밖,

　계단이 있다 몇 개인지 모른다 이야기 여자는 계단을 내려가고 이야기 가득 찬 여자는 이야기를 토해 낸다 계

단의 굴곡을 따라 이야기가 흐른다 꺾이고 내리고 꺾이

고 흐른다 내려간 여자의 몸에 이야기가 닿는다

이야기 여자는 이야기에 물든다 계단 위 여자는 이야

기를 모두 쏟아 내고 나풀나풀 종이가 된다 계단의 굴곡

을 따라 이야기를 따른다 이야기로 물든 여자를 종이가

된 여자가 감싼다 종이 여자의 몸에 이야기 여자가 새겨

진다

문이 있다 문이 열린다 바람이 들어왔다 나간다 문이

있다 문이 닫힌다 바람이 끊어진다 문이 있다 문이 열린

다 햇볕이 들어왔다 나간다 문이 있다 문이 닫힌다 햇볕

이 출렁인다 문이 있다 문이 열린다 사람이 들어왔다 나

간다 문이 있다 문이 닫힌다 이야기가 쓰였다 지워진다

— 「이야기 여자」 전문

문은 열리고 닫힐 수 있다. 열린 문으로 바람이 들어

오고, 햇볕이 들어오고, 사람이 들어온다. 닫힌 문에 바

람이 막히고 햇볕이 사라지고. 닫힌 문 앞에 사람이 서

있다. '한낮의 바람'과 '한낮의 햇볕'과 '한낮의 사람'은

다르고, 햇볕이나 바람이나 사람이나 문을 통과한다는

점에서는 같다. 최규승의 시에서 사람이나 사물, 동물이나 식물은 사람 또는 사물, 동물 또는 식물이 된다. 「이야기 여자」에서 여자 또는 남자가 이야기를 마시고, 여자가 되는 것처럼. 그것은 언제든지, 무엇이 될 수 있다.

　문안에는 두 사람이 탁자를 사이에 두고 앉아 있는데, 그들은 남자와 여자이거나 여자와 여자다. 그러니까 한 사람은 남자 또는 여자다. 이제 이 남자 또는 여자는 커피를 기다리고, 막힌 바람과 사라진 햇볕을 기다린다. 남자 또는 여자가 기다리는 것은 사람도 아니고 사건도 아니다. 그가 기다리는 것은 커피고, 바람이고, 햇볕이다. 여자는 커피를 마시고 커피 잔에 이야기를 남긴다. 빈 커피 잔에 이야기가 담긴다. 남자 또는 여자는 이 이야기를 마신다. 남자 또는 여자는 이야기를 마신 후 여자가 된다. 잔에 이야기를 남겼던 '이야기 여자'는 이야기를 마신, 이야기로 가득 찬 여자를 데리고 문을 연다. 여자와 여자 앞에 계단이 있다. 이야기 여자는 계단을 내려가고, 이야기를 삼키고, 이야기 가득 찬 여자가 된 여자는 이야기를 토해 낸다. 계단을 따라 이야기가 흐른다. 흘러간 이야기가 이야기 여자의 몸에 닿는다. 몸에 이야기가 닿았기 때문에 여자는 이야기에 물들고. 이야기로 가득 찼던 여자는 이야기를 비우고 종이가 된다. 계단 아래. 이야기로 물든 여자를 종이가 된 여자가 감싼다. 종이가 된 여자가 이야기로 물든 여자를 감싸자, 이야기가 종이 여자의 몸에 새겨진다. 이야기 여자의 몸에 물든 이야기는 종이 여자의 몸으로 옮겨 온다. 이야기는 여자에게서 흘러나와서, 다른 여자의 몸에 닿고, 다른 여자의 몸에서 토해져서, 다시 여자에게 물들고, 텅 비어 종이가 된 여자의 몸으로 옮겨 간다.

이야기는 컵에 담길 수 있나. 이야기는 액체처럼 마셔지고, 흘러넘치고, 누군가를 물들일 수 있나. 이 시에서 변화를 일으키는 것은 열리고 닫히는 문, 불거나 그치는 바람, 드리워지고 가려지는 빛만이 아니다. 여자는 '이야기 여자'가 되고, '이야기' 자체가 된다. 여자 또는 남자는 여자가 되고, 이야기로 가득 차고, 종이가 되고, 이야기와 한 몸이 된다. 이야기는 어떠한가. 이야기는 몸을 얻고, 잔에 담기고, 마셔지고, 토해지고, 흐르고, 물들이고, 종이에 새겨진다. 어쩌면 눈앞에 있는 시, 당신이 읽은 「이야기 여자」는 바로 이런 과정을 통해 여자가, 여자 또는 남자가, 이야기가 한 몸으로 포개어져 태어난 '이야기 여자' 그 자체일 것이다. 그러니까 이 시는 시이

자, 이야기가 옮겨 간 종이 여자이자, 이야기 여자이자, 여자이자, 남자 또는 여자다. 「이야기 여자」를 읽은 당신의 몸에 이야기 여자가, 종이 여자가, 이야기가 스미는 중인가. 여자 또는 남자는 사건 그 자체가 된다.

이 시집에 실린 시편들에서 화자는 거의 숨어 있다. 화자는 자신에 대해 말하지 않는다. 화자는 여자일 수 있고, 남자일 수 있고, 여자 또는 남자일 수 있다. 화자가 보고 있는 여자는 화자 자신일 수도, 어떤 이름의 한 여자일 수도, 수많은 이름의 여자일 수도 있다. 「이야기 여자」의 여자와 「고양이 여자」의 여자는 같은 여자일 수도 다른 여자일 수도 있다. 아니다. 같거나 다르거나 그들은 무엇인가 되어 가는 중이다.

"여자는 밤이면 고양이가 된다". "문이 닫히는 소리와 함께 여자는 고양이로 변신한다"(「고양이 여자」). 고양이가 된 여자는 고양이와 눈을 맞추고 입을 맞출 수 있다. 여자는 한 여자이자, 여러 여자이며, 고양이이자, 고양이와 눈을 맞추고 입을 맞추는 여자다. "고양이 여자와 여자 고양이는 서로를 안고" "고양이 무리 속으로" "달 속으로"(「고양이 여자」) 뛰어든다. 여자가 이야기가 되고, 종이가 되고, 고양이가 되는 세계. 여기에는 아무 거리낌도 감상도 없다. 화자는 어떤 경우에도 감정에 대해 말하지 않는다. 여기에서 철저히 배제되는 것은 변화하는 주체의 내면 묘사다. 화자는 변화를 목격하는 자일 수도, 변화하는 주체일 수도 있으므로. 여자는 이야기가 되든, 고양이가 되든 말이 없다. 화자는 여자의 마음을 추측하거나 대변하지 않는다. 화자는 여자에 대해 판단하거나 토로하지 않는다. 오로지 보이지 않는 렌즈로 존재하는 화자가 하는 일은 여자를 보고, 본 것을 전하는 일. 이때 무언가 태어나 "몸 안쪽 어딘가 새겨지는 굴곡"(「달 정류장」). 몸 안쪽에 새겨지는 굴곡을 감각하는 것은 각자의 몫이다. 시인은 그 몫을 남겨 두는 일을 잊지 않는다. 내면은 이야기로 가득 차고, 비워지고, 흐르고, 쏟아지고, 종이가 되고, 시가 된다. 변신은 여자에게도 당신에게도 일어나는 중이 아닌가.

이야기 여자와 고양이 여자는 같은 여자이거나 다른 여자일 수 있고 당신이거나 당신이 아닐 수 있다. 마찬가지로 고양이 여자가 뛰어든 달 속, 고양이 무리가 뛰어든 달 속 정류장은 '달 정류장'과 같은 정류장이자 다른 정류장일 수 있다. "아침의 여자와 저녁의 여자가 교차한다"(「달 정류장」). 여자와 여자가, 달과 달이, 시와 시가 교차한다. "여자는 창틀에 꽉 찬 하늘을 베어 내 스카프를 만든다 스카프에 든 물이 뚝뚝 떨어진다 마룻바닥에 점점이 번지는 시간들". 여자는 하늘을 베어 내 스카프를 만들고, 스카프에 든 물은 마룻바닥에 떨어져 번지는 시간이 된다.

여자가 여자로, 시가 시로 물든다. 하나의 시집이 완성되어 가는 중인가. 하나의 세계가 태어나는 중인가. 한 여자가 한 여자를 변신시킨다. 한 편의 시가 한 편의 시에 옮겨붙는다. 무엇이 무엇이 되든, 무엇이 무엇으로 물들고, 번지든. 그것은 여기, 있다.

바다는 아직 보이지 않는다 해안사구, 몇 갈래 길을 따라가면 바다를 만날 수 있다 군데군데 물웅덩이 속 잔풀들이 하늘을 흔들며 하늘거린다 수면에 반사된 하늘은 어둡다 이미 걸어간 자국이 바람을 덮고 희미해진다 그 위에, 옆에 다시 자국을 남기며 길은 이어진다 바람이 언뜻 분다 머리카락이 날리고 그 방향으로 계속 걷는다 언덕 너머의 바다는 소리로 먼저 보인다 멀리 희뿌옇게 다가온 화력발전소의 굴뚝, 솟는 연기가 완만하게 꺾인다 저곳의 바람은 이곳의 바람과 다르다 여자는 이곳 바람의 방향으로 걷고 저곳 바람을 거스른다 풀도 억새도 여자의 방향을 따른다 바람은 언덕 위에 멈춰 서서 바다를 내려다본다 비로소 바닷소리가 보인다 열 지어 차례차례 밀려오는 바다, 쓰르르 쓰르르 가을을 닮은 소리, 여자는 눈을 감는다 이명, 한없이 멀어지는 소리와 쉼 없이 밀려드는 소리가 겹쳐진다 섞인다 바람이 여자의 귓속으로 바다를 밀어 넣는다 여자는 서서히 바다로 들어간다 바다에서는 바다가 들리지 않는다 두 손바닥으로 귀를 막는다 쓰르르 쓰르르 멀어지던 소리가 점점 커진다 깊어질수록 희미해지는, 여자는 조금씩 바다가 되어 간다 발전소의 연기는 조금 더 꺾여 있다 이곳의 바람은 저곳의 바람을 거슬러 그곳으로 분다 바다는 쓰르르 쓰르르 가을로 밀려간다 여자는 이제 소리만 보인다 바람을 덮고 바다는 더 이상 들리지 않는다

— 「사라진다」 전문

    무언가 사라진다. 무언가 사라졌다는 것, 무언가 사라지고 있다는 것, 사라질 것이라는 것은 무언가 있다는 것, 무언가 있었다는 것을 의미한다. "무(無)라는 것은 일반적으로 무엇인가 있었다는 것을 전제합니다. 우리 모

두처럼 말이죠. 어떤 이유도 목적도 없는 바로 그 사실에 세계가 존재합니다. 사람들은 이렇게 질문할 수도 있습니다. '그것이 무슨 의미가 있죠? 그래서 어쩌라는 말이에요?' 어쩌면 신은 언제나 이런 방식으로 대답할지도 모릅니다. 거기엔 아무 의미도 없지만, 또한 바로 그렇기 때문에 그것은 좋은 것이다. 그것은 열려 있고 유연합니다. 수많은 일을 하기 위해 또한 동시에 아무것도 하지 않기 위해 유연한 것이지요."[2] 그의 시의 겹침에는 무슨 의미가 있는가? 우리는 이렇게 질문할 수 있다. 무언가 있었고, 무언가 사라졌고, 다시 무언가가 있다. 무언가가 새로 나타나려면 반드시 무언가는 사라져야 한다. 그러므로 최규승의 시에 사라짐의 장면은 수없이 많다. 사라지는 동시에 태어나는 것. 끝없는 태어남은 끝없는 죽음을, 무한 사라짐을 전제로 한다. 그렇다면 이 시에서 일어나는 겹침, 사라짐, 변신, 탄생에는 어떤 의미가 있는가.

"이미 걸어간 자국이 바람을 덮고 희미해진다 그 위에, 옆에 다시 자국을 남기며 길은 이어진다". 해안사구, 길을 따라 걷고 있다. 이미 걸어간 자국은 길은, 바람으로 희미해지고, 사라진다. 그 위에 다시 자국을 남기며

2   장─뤽 낭시, 『무위의 공동체』.

길은 이어지고, 포개어진다. 길은 새롭게 태어나는 중인가. 이곳 바람을 따라 걷는 여자의 귀에 "이명, 한없이 멀어지는 소리와 쉼 없이 밀려드는 소리가 겹쳐진다 섞인다". "바람이 여자의 귓속으로 바다를 밀어 넣는다". 여자의 귀로 바다가 들어온다. "여자는 서서히 바다로 들어간다". "깊어질수록 희미해지는, 여자는 조금씩 바다가 되어 간다". 여자는 소리만 남는다. 바다는 더 이상 들리지 않는다. 바람은 길을 덮고, 만들고, 바다를 밀어 넣고, 바다를 덮는다. "왼쪽 귓속은 언제나 파도 밀려오고 밀려가는 가을 바닷가 스테레오 타입으로 겹쳐지는 이중주 귀 기울이면 들려오는 적막 귀 막으면 살아나는 이명 가을밤 풀숲에서 바다로 가는 소리의 순열"(「이명 여행」)로 「이명 여행」은, 「사라진다」.

   시 안에서, 시의 바깥으로 옮겨 가는 수많은 겹침들. 사라짐. 이 시집의 많은 문장은 거의 같은 구조로 이루어져 있다. 문장들은 옮겨 가는 것들의 길. 지워지고, 다시 쓰이고, 흔적을 지우고, 흔적을 만들며 나아간다. 이 시집의 많은 문장은 거의 현재형 시제로 쓰여 있다. 이 간결한 현재들의 의미는 무엇인가. 사라진다. 사라진다. 반복의 의미는 무엇인가. 왜 질문을 반복하나. 왜 의미를 묻고 있나. 의미를 묻는 것은 '나'인데. 있다, 사라진다, 나타난다. 있다, 사라진다, 나타난다. 변신의 변신을 거듭하는 홀로그램의 의미는 무엇인가. 그것의 의미는 변화 중인 무엇에 의해 발생하나.

최규승의 '겹침'은 '있음'과 '사라짐', '변신'을 한자리에 포개어 놓는다. 그렇다면 '나'는 어디에 있나. '생각하는' 나는 '나'의 의미를 묻는다. 변신 중인 나는, 변신에 몸을 맡긴다. 나와 너 사이에 사이가 있듯, 나와 나 사이에도 사이가 있다. '나'가 '너'가 되어 가는 중이라면, 나는 너가 되어 가는 나와 너가 된 나 사이에 있다. 여자가 고양이가 된다면. 여자가 고통이 된다면. 여자는 사라지고, 고양이가 남는다. 여자는 사라지고, 고통이 남는다. 고양이도, 고통도, 여자도, 여자지만. 여자와 고양이 사이, 고통과 여자 사이, 여자와 여자 사이도 여자다. 이때 사라짐은 완전한 존재의 소멸을 의미하지 않는다. 그것은 멈춰 있지 않음. 끊임없는 전이, 이행의 상태일 뿐이다. '나'는 나와 나 사이에, 나와 나들 사이에 있다. 사라지는 중이고, 태어나는 중이다. '나'는 '나'의 바깥에 있다. 나는 무엇이든 될 수 있고, 무엇이든 내가 될 수 있다면 나는 무엇을 향해서든 열려 있다. '나'는 하나의 멈추지 않는 유연한 사건이다. 새로운 시적 주체의 발명.
그것은 어쩌면 이 겹침을 통해 가능하지 않은가.

✕ 검거나 흰 도돌이표

거실 한가운데 휠체어가 있었다 소형 그랜드 피아노는
휠체어 오른쪽으로 몇 발짝 떨어진 북쪽 창가에 있었다
피아노의 덮개는 열려 있었다 건반은 아직 온기가 남아
있었다 보면대에는 베토벤 피아노 소나타 악보집이 놓여
있었다 다섯 번째 페이지가 펼쳐져 있었다 페이지 양쪽
아래 귀퉁이는 손때가 묻어 있었다 색이 바래져 있었다
양쪽 귀퉁이는 스코티시폴드 고양이의 귀처럼 어제의 피
아노 소리가 접혀 있었다

곧바로 튀어나올 것같이 음표들이 팽창한다 여자는 북
쪽 창턱에 걸터앉아 창밖을 내려다본다 피아노 의자는
오른쪽 벽으로 밀려나 피아노 건반과 평행을 유지한다
피아노 의자 뒤에는 흰색 무명천 테이블보가 덮인 아담
한 탁자가 있고 그 위에는 투명한 화병에 여러 송이의 프
리지아가 꽂혀 있다 서쪽 창으로 들어온 빛은 바닥의 어

둠에 희석되어 간다 여자는 창밖에서 방 안으로 천천히 고개를 돌려 빛의 농도를 가늠한다 빛 속에 흩어지는 먼지를 따라 서쪽 창으로 간다 서쪽 창이 붉게 물들고 여자의 실루엣은 어둠에 물든다 피아노 덮개는 여전히 열려 있고 악보는 페이지를 넘긴다 어둠 속에서 울리는 피아노 소나타의 음들이 방 안을 떠돈다 울린다 눈물을 가둔 사람은 떠도는 것만으로도 슬퍼진다 여자는 방 안을 울리고 방은 눈물을 떠돈다 휠체어가 넘어진다

위 진술에 거짓이 없음을 밝힌다 검은 방은 환해지고 만약 거짓이 있을 때는 어떠한 곡이라도 연주할 것을 서약한다 도돌이표를 무시하고 언제라도 끝낼 수 있다는 거짓말 언제 다시 그 집에 갈 수 있을까 피아노 덮개는 지금도 열려 있을까 도돌이표로 잠긴 철문을 열 수 있을까

　　　　　　　　　　　　　　　　　　　　　—「피아노」 전문

　건반 위를 지나가는 피아니스트의 손가락은 정확하게 검은건반과 흰건반을 누르고, 검거나 흰건반은 가라앉았다 솟아오르기를 반복한다. 곡의 끝까지 모든 음이 서로의 배음으로 포개어지며 나아간다. 그리고 마침

내 마지막 음에 다다른 순간, 피아니스트의 손이 맨 처음 눌렀던 음의 자리, 하나의 건반으로 돌아간다. 도돌이표. 이 약호는 악보에서, "악곡의 어느 부분을 되풀이하여 연주하거나 노래하도록 지시"한다. 그러므로 이 곡은 다시 한번 연주되기 시작한다. 방금 지나온 음들이 다시 울리고, 사라진다. 사라진, 사라진 듯 여전히 떠돌고 있는 음들. 같은 공간에 똑같은 음의 배열이 다시 한번 반복된다. 이때 되돌아 다시금 반복되는 이 음들은 방금 전에 연주된 그 음들과 같은 음인가. 다른 음인가.

「피아노」의 1연은 과거형 시제로 쓰여 있다. 휠체어, 피아노, 북쪽 창가, 보면대, 악보집, 다섯 번째 페이지, 귀퉁이의 손때, 어제의 피아노 소리. 그런 것들이 놓여 있었던, 놓여 있는 공간에서 "곧바로 튀어나올 것같이 음표들이 팽창한다". 더 이상 피아노는 연주되지 않는다. 여자는 창밖을 내려다보고, 피아노 의자는 오른쪽 벽으로 밀려나 있다. 아담한 탁자, 투명한 화병, 프리지아가 있는 공간. "여자는 창밖에서 방 안으로 천천히 고개를 돌려 빛의 농도를 가늠한다 빛 속에 흩어지는 먼지를 따라 서쪽 창으로 간다". 여자는 창에서 창으로 이동한다. 빛은 서서히 움직이고, "여자의 실루엣은 어둠에 물든다". 피아노 덮개는 열려 있다. 페이지를 넘기는 것은 여자가 아니다. "악보는 페이지를 넘긴다". "어둠 속에서 울리는 피아노 소나타의 음들이 방 안을 떠돈 다". 이 음들은 아주 오랫동안 방 안을 떠돌았을 것이다. 보면대, 악보집, 다섯 번째 페이지, 귀퉁이의 손때, 어제 의 피아노 소리. 보면대, 악보집, 다섯 번째 페이지, 귀퉁 이의 손때, 어제의 피아노 소리. 보면대, 악보집, 다섯 번 째 페이지, 귀퉁이의 손때, 어제의 피아노 소리. 이 공간 의 반복만큼, 오래, 자주 떠돌았을 것이다. 그러므로 음 들은 계속 방 안을 떠돌고, 악보는 스스로 페이지를 넘 긴다. "눈물을 가둔 사람은 떠도는 것만으로도 슬퍼진 다" 이런 문장이 있다. 여자는 눈물을 가둔 사람일 것이 다. 방을 떠도는 것만으로도 슬퍼질 것이다. 이런 추측 을 하고 있을 때 이어지는 시행은 이런 것이다. "여자는 방 안을 울리고 방은 눈물을 떠돈다 휠체어가 넘어진 다". 음(音) 대신 여자가 방 안을 울린다. 여자 대신 방이 눈물을 떠돈다.

시는 돌연 "위 진술에 거짓이 없음을 밝힌다". 시는 위 시를 진술로 둔갑시키고, 진술을 반복시키는 방식으 로 이어진다. "검은 방은 환해지고 만약 거짓이 있을 때는 어떠한 곡이라도 연주할 것을 서약한다 도돌이표를 무시하고 언제라도 끝낼 수 있다는 거짓말 언제 다시 그 집에 갈 수 있을까 피아노 덮개는 지금도 열려 있을 까 도돌이표로 잠긴 철문을 열 수 있을까". 이어지는 서약과 질문은 반복된다. 도돌이표를 무시하고 언제라도 끝낼 수 있다는 거짓말. 끝내 끝나지 않고 반복될 것이라는 진술. 진술은 이미 반복되고 있었다는 진술. 보면대, 악보집, 다섯 번째 페이지, 귀퉁이의 손때, 어제의 피아노 소리. 방은 시를 떠돈다. 시는 도돌이표를 울린다. 이 방이 두 번 반복될 때, 이 방은 같은 방인가. 1연과 2연은 3연에 의해 무한 반복 재생된다. 거짓이 있을 때에는. 거짓이 있을 때에는. 언제라도 끝낼 수 있다는 거짓말. 언제라도 끝낼 수 있다는 거짓말. 겹침은 이제 시간의 차원에서 솟아오른다. 그치지 않고 사라지는 시간 속으로, 그치지 않고 솟아오르는 시간이 있다. 그것은 같은 건반으로 같은 형태로 같은 모습으로 같은 장소로. 같은 손때로. 영원히 그치지 않는 음으로. 포개어진다. 그것은 무한히 다른 빛으로, 음으로, 도돌이표로 돌아온다. 손가락이 지나간 자리에 음들이 피어오르고 사라진다. 음들이 가득한 방 안에 손가락이 떠돈다.

마음이 무거울 때는 밤바다로 간다 바닷가에 서서 한 동안 무거움을 들고 파도를 기다린다 먼바다로부터 오는 파도는 아주 가느다란 실이었다가 점점 굵어져 털실만큼 두꺼워진다 눈앞에서 털실 뭉치처럼 터지며 파도는 발밑에 고양이 한 마리를 쏴아, 부려 놓고 간다 밤바다는 깊어 마음도 무거움을 조금씩 내려놓는다 깊은 밤 바닷가 고양이들이 자리 잡은 모래톱은 어지럽게 흔들리고 마음은 마음을 흔들어 무거움을 덜어 낸다 바다는 바다대로 마음은 마음대로 부려놓고 내려놓은 고양이들이 떼를 이룬 밤바다에서,

　순간, 눈을 뜨니 소파에 누워 손을 가슴에 모으고 잠에서 깬 내 몸이 보인다 가랑이 사이에 작은 고양이, 소파 옆 바닥에는 큰 고양이가 똬리를 틀고 자다가 나와 눈이 마주친다 번쩍 눈을 떴다가 천천히 감는 고양이 눈빛 바닥에 가랑이 사이에 몸을 밀착하고 움직일 줄을 모른다 나는 몸을 일으켜 소파를 벗어난다 잠시 중력이 사라진 것처럼 몸이 둥실 뜬다 그리고 이내 무거워지는 몸,

무거운 것은 몸의 일이어서 마음이 마음대로 하지 못
한다 무게는 아래로 아래로 몸을 끌고 내려간다 나는 일
어선 채 무게를 밟고 서서 아직도 바닷가에 있는 고양이
들을 내려다본다 시선도 무게가 있는지 툭, 고양이를 건
드린다 다시 눈을 뜬 두 고양이 온몸의 털을 세우며 크고
작은 무게에 저항한다 천천히 무게를 옮기며 무게를 벗
어나고 있다 뭉치의 무게는 털실이 되었다가 가는 실이
된다 마루 끝에서 풀쩍, 캣 타워를 오른다

— 「고양이 마음대로」 전문

시간은 낮과 밤으로 나뉘고, 당신은 깨어 있거나 잠들
어 있다. 꿈을 꾸거나 꿈같은 현실을 살거나 차라리 꿈
이었으면 좋겠는 현실로 깨어나거나 깨고 싶지 않은 꿈
속으로 달아난다. 시간이 반복된다면, 꿈도 반복된다.
꿈은 현실로, 현실은 꿈으로. 꿈에서 현실로, 현실에서
꿈으로. 돌아오고 돌아온다. 바다 앞에 서 있다. 바다는
꿈의 바다일 수도 현실의 바다일 수도 있다.

"먼바다로부터 오는 파도는 아주 가느다란 실이었다
가 점점 굵어져 털실만큼 두꺼워진다 눈앞에서 털실 뭉
치처럼 터지며 파도는 발밑에 고양이 한 마리를 쏴아,

부려 놓고 간다". 파도가 고양이를 부려 놓고, 가는 사이 "밤바다는 깊어 마음도 무거움을 조금씩 내려놓는다". 파도가 고양이를 부려 놓고, 고양이를 부려 놓는다. 파도가 부려 놓은 고양이들이 떼를 이루고, 마음도 바다도 그저 있는 밤바다에서. "순간, 눈을 뜨니 소파에 누워 손을 가슴에 모으고 잠에서 깬 내 몸이 보인다 가랑이 사이에 작은 고양이, 소파 옆 바닥에는 큰 고양이가 똬리를 틀고 자다가 나와 눈이 마주친다". 밤바다의 고양이는 눈앞의 고양이가 된다. 마음이 무거워 바다에 갔다는 진술은 무거운 것은 몸의 일이어서 마음이 마음대로 하지 못한다는 진술로 이어진다. 꿈의 무게가 현실의 무게로. 마음의 무거움이 몸의 무거움으로 이어진다. 꿈과 현실은 언뜻 나눠진 듯 보이나, "무게를 밟고 서서 아직도 바닷가에 있는 고양이들을 내려다본다". 몸은 소파를 막 벗어나 두 발은 바닥을 딛고 섰는데, 바닷가에 있는 고양이들을 본다. 꿈과 현실이 거실 한가운데, 고양이로 앉아 있다. "시선도 무게가 있는지 툭, 고양이를 건드린다". 고양이는 "온몸의 털을 세우며 크고 작은 무게에 저항한다". 시선의 무게가 고양이를 툭, 건드린다. 꿈이 툭 건드리듯. 바다에서 파도는 실이었다가 털실만큼 두꺼워지고, 털실 뭉치처럼 터져 고양이 한 마리를 부려 놓고 갔다. 거실에서 "뭉치의 무게는 털실이 되었다가 가는 실이 된다 마루 끝에서 풀쩍" 파도는 거꾸로 밀려가고, 밀려온다.

꿈은 현실로 이어지고, 현실은 꿈으로 돌아간다. "쇠사슬에 묶이는 꿈에서 깨어난 아침, 여자는 온몸이 쇠사슬이 된 기분이다"(「쇠사슬」). 그런데 꿈에서 깨어난 "여자의 몸이 흔들린다 철렁철렁 쇠사슬 몸을 끌고 샤워부스로 들어선다 물줄기에 부딪는 쇠사슬 소리가 영롱하다 솨솨 스릉스릉 온몸에서 철가루가 떨어진다". 여자의 꿈은 여자의 현실로 이어진다. 출근길 "정류장에는 쇠사슬들이 서로 몸을 엮어 통근 버스를 기다리고 있다". 쇠사슬 여자가 쇠사슬 사람들과 버스를 타고, 출근한다. 쇠사슬 부서로 들어간다. "쇠사슬은 쇠사슬을 끊을 수 있을까". "생각 사슬이 꼬리에 꼬리를 물고 엮이는 사이, 컴퓨터 초기 화면이 켜진다 스르릉 화면 속 철창이 빛난다 여자는 오늘 밤 쇠사슬을 끊는 꿈을 예약한다"(「쇠사슬」). 여자는 현실에서 꿈으로 메일을 보낸다. 현실에는 꿈에서 옮아온 쇠사슬을 끊을 방법이 없다. 쇠사슬을 끊는 꿈을 예약하는 것으로 여자는 현실에서 꿈으로의 접촉을 시도한다. 꿈과 현실의 경계가 사라진다. 여자는 순간, 꿈과 현실을 동시에 산다. 꿈과 현실을 동시에 산다는 건, 꿈을 사는 것과도 현실을 사는 것과도 다른 삶일 것이다. 경계가 분명한 꿈이 사라지고, 현실이 사라지고, 꿈과 현실이 혼재한 새로운 삶이 시작된다. 꿈과 현실을 반복적으로 꿈과 현실이라고 말하고 있지만, 무엇이 꿈이고 무엇이 현실인가. 무엇이 꿈이 되어 가는 중인가. 무엇이 현실이 되어 가는 중인가. 질문 역시 꿈-현실 삶 속에서 무한 반복된다. 꿈, 현실, 잠, 깸. "무대에는 자 장 자 장 자장 자장 자장자장자장…… 끝없이 연주하는 수면 피아노, 객석에는 장 자 장 자 장자 장자 장자장자장자…… 잠과 꿈과 듦으로 얽히고설킨 소리 실 고치, 비상구 유도등이 꺼지고 어둠 속 어둠, 자장자장자 자장 자 장자 자 장 자 장 자…… 자장가는 잠들지 않고 여자는 잠에 갇힌다"(「자장가」). 꿈과 현실이 포개어진다. 현실과 꿈이 겹쳐진다. 꿈-현실, 현실-꿈. 무대는 잠들지 않고, 자장가는 계속 울리고, 꿈은 현실로, 현실은 꿈으로, 다시 한번. 도돌이표로 현실을, 꿈을 연다.

✕ 바람 테두리

　똑바로 쳐다보지 못한다고 바로 보지 못하는 건 아니야 내 눈길이 네 눈과 마주치지 않는다고 딴 곳을 보는 것이라 단정 짓지 마 어떤 눈의 초점은 한가운데가 비어 있기도 해 집중하면 비고 마는 중심, 어떤 것도 담을 수 없는 텅 빈 눈망울, 도넛을 먹을 때 가운데를 먹는 사람은 어떠니 그러니 똑바로 쳐다보라고 하지 마 도넛처럼 타이어처럼 엽전처럼 가운데가 텅 빈, 테두리가 전부인 사람의 중심은 얼마나 투명한지 알기나 한 거니 정말,

　지금 너를 똑바로 보고 있는 나의 눈길은 아무것도 볼 수 없어 나는 너를 보기 위해 어깨 너머로 눈길을 옮겨 넌 내 눈을 보고 있지만 나는 너의 얼굴 너머를 보고 있어 거기에는 너도 어쩌지 못하는 들판과 하늘, 내 뒤에도 푸름과 텅 빔, 그곳을 너도 봐줘 나의 빈 곳이 곧 나이기도 해 그러니 부디,

　똑바로 앉아라 똑바로 봐라 똑바로 살아라, 하지 마 똑바로가 똑바로 아닌 것은 똑바로 너머의 푸른 들판과 텅

빈 하늘이 똑바로 알려 주잖아 이제 서로 똑바로 쳐다보
지 말고 바로 보도록 해 해를 보지 않아도 빛을 볼 수 있
잖아 너의 몸이 반사하는 빛을 쫓으면 나는 빛의 중심에
갈 수 있어 똑바로 보지 않아도 들판과 하늘이 만나는 곳
을 볼 수 있다면 눈과 눈이 마주치지 않아도 빛은 빛 어둠
은 어둠이니 제발,

— 「똑바로」 전문

만약 X와 Y가 포개어진다면. 그것의 중심은 무엇이
될까. 만약 꿈과 현실이 겹쳐진다면. 그것의 핵심은 무
엇이 되나. 한 음 위에 한 음이 다시 한 음 위에 한 음
이 도돌이표로 반복된다면. 「똑바로」의 화자가 이 질문
을 받는다면. "어떤 눈의 초점은 한가운데가 비어 있기
도 해 집중하면 비고 마는 중심, 어떤 것도 담을 수 없는
텅 빈 눈망울, 도넛을 먹을 때 가운데를 먹는 사람은 어
떠니". "가운데가 텅 빈, 테두리가 전부인 사람의 중심은
얼마나 투명한지 알기나 한 거니". 가운데가 텅 빈, 테두
리가 전부인 사람의 중심. 변신에 몸을 맡긴 변신 중인
사람을 생각한다. 테두리가 전부인 사람. 계속해서 테두
리를 바꾸는 사람. 그 사람의 중심. 가운데가 텅 빈. 바로

그 중심이 텅 비어 있기 때문에 그 사람은 테두리를 바꾸고, 다른 무엇으로든 변신할 수 있다. 중심이 비어 있기 때문에 바깥에 존재할 수 있는 게 아닌가.

「똑바로」의 화자는 "너를 보기 위해 어깨 너머로 눈길을" 옮긴다. 너의 중심을 간파하겠다거나 꿰뚫겠다는 생각 없이. 그것이 가능할 것이라는 생각 밖에서. "너의 얼굴 너머를 보고 있어 거기에는 너도 어쩌지 못하는 들판과 하늘". 너의 얼굴 너머, 너도 어쩌지 못하는 너의 바깥, 너의 테두리를 둘러싸고 있는 것들을 본다. 왜 이 화자는 너를 보기 위해 너의 주변을 살피는가. "나의 빈 곳이 곧 나"이기도 하다는 것을 이미 알아챈 화자이기 때문이다. 나와 나 사이를 횡단하는 나는 너와 너 사이를 본다. 너와 너의 바깥을, 너일 수도 있고, 나일 수도 있는 바깥을 본다. 너의 얼굴 너머와 너의 얼굴 사이에 분명한 경계가 있지만 너의 얼굴과 너의 얼굴 너머는 포개어져 있다.

"눈을 감아야 보이는 바람", 눈을 감아야만 보이는 텅 빈 것이 있다. "여자는 눈을 감은 채 눈을 뜬다 투명한 것은 투명한 채로 보이고 부딪는 것은 부딪는 채로 만져지고 흔들리는 것은 흔들리는 대로 들린다"(「바람눈」).

여자가 눈을 감은 채 눈을 떴기 때문이다. 투명한 것은 눈을 뜨면 보이지 않는다. 투명한 것의 테두리를 제거하면 투명한 것의 중심은 보이지 않는다. 눈을 감고, 눈을 뜨는 것. 중심을 보지 않고 빈 곳을 보는 것.

문을 열면 또 문이 있고 또 문을 열면 또다시 문이 있고 또다시 문을 열면 느닷없이 문이 있고 느닷없이 문을 열면 자꾸 문이 생긴다 문안의 방은 문을 만드는 방 여자는 오늘도 그 문을 열고 연다

문안에는 거울 거울 안에는 문이 있는 방 안에서 남자는 그림을 그린다 거울에 비친 남자의 여자 거울에 반사된 여자의 남자 남자는 문을 여는 여자를 그리고 여자는 그림을 그리는 남자의 문을 연다

내 몸은 온통 거울이에요
내 몸은 온통 방이에요

문을 열면 거울 문을 열면 방 방을 열면 문 거울을 열면 문 문을 열면 남자 거울을 열면 여자 남자는 여자를 열고 여자는 남자를 닫는다

거울아 거울아 문을 닫아라

문을 열고 방문한 여자 방 안에서 문안을 받는 남자 남
자는 거울에 그려진 여자를 그린다 여자는 거울을 그리
는 남자를 거울 속에 가둔다 거울은 남자의 방에 들어온
여자를 비춘다 거울은 거울을 그리는 남자를 새긴다 거
울에 반사된 여자는 문을 열고 나간다 거울이 문을 닫는다

　　　　　　　　　　　　　　　　　　—「거울 속 거울」전문

　"문을 열면 또 문이 있고 또 문을 열면 또다시 문이 있
고 또다시 문을 열면 느닷없이 문이 있고 느닷없이 문을
열면 자꾸 문이 생긴다". 문이야말로 빈 중심을 갖고 있지
않나. 문의 중심을 알기 위해 문을 열면, 문의 테두리가
남는다. 테두리가 보인다.
　"내 몸은 온통 거울이에요/ 내 몸은 온통 방이에요". 거
울인 몸은 무엇이든 담을 수 있다. 거울 속에 담긴 무엇
이든 거울의 중심이 될 수 있고. 그러므로 거울은 언제든
중심을 바꿀 수 있다. 방인 몸 역시 무엇이든 담을 수 있
다. 방에 든 무엇이든 방의 중심이 될 수 있고. 그러므로

방은 언제든 중심을 바꿀 수 있다. "문을 열면 거울 문을 열면 방 방을 열면 문 거울을 열면 문 문을 열면" 문을 열고, 방을 열고, 거울을 열고, 그 안에 여자를 남자를 여자를 그리는 남자를, 거울을 그리는 남자를 담을 수 있다. 문을 닫고, 방을 닫고, 거울을 닫고, 그 안에 여자를 남자를 가둘 수 있다. 몸이 온통 거울이면, 몸이 온통 방이면. 언제든 그것을 열고 닫을 수 있다. 열고, 닫고, 바꾸고, 다른 무엇이든 될 수 있다.

노을이다 아무것도 아니다 베란다 유리창에 비친 노을, 이야기다 아무것도 아니다 마음속으로 들어온 그날 밤의 이야기, 바닷가 카페 간판이다 아무것도 아니다 자정 넘겨 켜져 있는 바닷가 카페 간판, 빛나는 바위다 아무것도 아니다 일렁이는 파도에 하얗게 빛나는 바위, 새벽하늘이다 아무것도 아니다 썰물을 기다리는 새벽하늘, 물속이다 아무것도 아니다 숨 쉬는 시간이 점점 짧아지는 물속, 불빛이다 아무것도 아니다 멀리 가물거리는 오징어잡이 배의 불빛, 모래사장이다 아무것도 아니다 잠시 뒤돌아보면 한없이 쓸려 가는 모래사장

그 너머로,

폭죽이 터질 때마다 바다는 높아지다 낮아진다 자동차
의 전조등이 흔들릴 때마다 구름은 흐르다 멈춘다 해풍
이 불어올 때마다 모래성은 쌓이다 무너진다 파도가 밀
려올 때마다 발자국은 새겨지다 지워진다 물속이 열릴
때마다 여자는 나타나다 사라진다

아무것도 아니다,

낮아진 것은 낮아진 채로 바다는 바다인 채로 멈춘 것
은 멈춘 채로 구름은 구름인 채로 무너진 것은 무너진 채
로 해풍은 해풍인 채로 지워진 것은 지워진 채로 발자국
은 발자국인 채로 사라진 것은 사라진 채로 여자는 여자
인 채로

어디에도 있고 아무 데도 없는
아무것도 아닌 아닌 것도 아무
어디의 아무 아무의 어디
                              ― 「아무것도 아니다」 전문

그 무엇은 "노을이다", "이야기다", "바닷가 카페 간
판이다", "빛나는 바위다", "새벽하늘이다", "물속이다",
"불빛이다", "모래사장이다", 아니다. 그 무엇은 "베란다
유리창에 비친 노을", "마음속으로 들어온 그날 밤의 이
야기", "자정 넘겨 켜져 있는 바닷가 카페 간판", "일렁이
는 파도에 하얗게 빛나는 바위", "썰물을 기다리는 새벽
하늘", "숨 쉬는 시간이 점점 짧아지는 물속", "멀리 가물
거리는 오징어잡이 배의 불빛", "잠시 뒤돌아보면 한없
이 쓸려 가는 모래사장"이다. 「아무것도 아니다」는 아무
것도 아니라는 진술을 반복하면서 아무것도 아닌 것을
아무것도 아니지 않은 것으로, 아무것도 아니지만 아름
다운 것으로 포개어 둔다. 노을은 아무것도 아니라는 진
술 뒤에 "베란다 유리창에 비친 노을"이 보인다. 이야기
는 아무것도 아니라는 진술 뒤에 "마음속으로 들어온 그
날 밤의 이야기"가 겹쳐진다. 불빛은 아무것도 아니지만
"멀리 가물거리는 오징어잡이 배의 불빛"이다. 이 문장
들은 왜 점멸하는 불빛을 닮았나. 깜빡, 깜빡. 빛났다 사
라지기를. 살다, 죽기를. 어둠과 어둠을 반복하나.

　"폭죽이 터질 때마다 바다는 높아지다 낮아진다". "자
동차의 전조등이 흔들릴 때마다 구름은 흐르다 멈춘다".

"해풍이 불어올 때마다 모래성은 쌓이다 무너진다". "파도가 밀려올 때마다 발자국은 새겨지다 지워진다". "물속이 열릴 때마다 여자는 나타나다 사라진다". 이 또한 "아무것도 아니다". 아무것도 아닌 것들이 아름답게 이어진다. 아름답게 지속된다. "낮아진 것은 낮아진 채로 바다는 바다인 채로 멈춘 것은 멈춘 채로 구름은 구름인 채로 무너진 것은 무너진 채로 해풍은 해풍인 채로 지워진 것은 지워진 채로 발자국은 발자국인 채로 사라진 것은 사라진 채로 여자는 여자인 채로" 그대로, 있다. "어디에도 있고 아무 데도 없는" 부재로 존재하는 신처럼. 그대로, 아름답다. 아무것도 아니다. 아무것도 아니지만 아름답게. 비어, 있다. 의미와 무관하게, 있다. 하나의 세계가 사라지는 중인가.

나는 춤을 추고 당신은 드럼을 두드려요, 아니, 당신의 드럼에 맞춰 나는 춤을 출 거예요 누가 먼저 시작할지 정하지는 말아요 눈빛으로 바람으로 흔들림으로 당신은 리듬을 나는 춤을 그렇게 되는 대로, 내가 말을 하면 당신은 글을 쓰세요, 물론, 당신이 글을 쓰면 나는 말을 할 거예요 누구랄 것도 없이 쓰고 읽고 말하고 받아쓰고, 그렇게

　나는 춤을 추고 당신은 드럼을 두드린다. 당신의 드럼에 맞춰 나는 춤을 춘다. 당신은 리듬을, 나는 춤을. 나는 말하고 당신은 글을 쓴다. 당신이 글을 쓴다면 나는 말을 한다. "누구랄 것도 없이 쓰고 읽고 말하고 받아쓰고, 그렇게 되는 대로 정한 것 없이" 플레이리스트는 랜덤, 반복, 재생된다. 여기 이 시들은 중심으로부터 돌아선다. 위계로부터 돌아선다. 폭력으로부터 돌아선다. 중심에 괄호를 치고. 그 바깥에서. 시와 그림이, 시와 침묵이, 시와 노래가. 비워진다. 바람의 테두리를 이루는. 텅 빈 채로 겹쳐지는 나와 당신이 태어나는 중인가.

1판 1쇄	2023년 11월 30일
지은이	최규승, 이석구
펴낸곳	타이피스트
펴낸이	박은정
편집	박은정
디자인	장혜미
출판등록	제2022-000083호
전자우편	typistpress22@gmail.com
ISBN	979-11-981886-7-0

* 이 책은 문화체육관광부, 한국장애인문화예술원의 후원을 받아
  2023년 장애예술 활성화 지원사업의 일환으로 발간되었습니다.